巴金散文系列

生活在英雄们的中间

山东画报出版社
济南

图书在版编目（CIP）数据

生活在英雄们的中间 / 巴金著. —济南：山东画报出版社，2023.4

（巴金散文系列）

ISBN 978-7-5474-4230-2

Ⅰ. ①生… Ⅱ. ①巴… Ⅲ. ①散文集－中国－现代 Ⅳ. ①I266

中国国家版本馆CIP数据核字(2023)第045797号

SHENGHUO ZAI YINGXIONGMEN DE ZHONGJIAN

生活在英雄们的中间

巴 金 著

巴金故居策划

责任编辑 怀志霄

装帧设计 蔡立国

主管单位 山东出版传媒股份有限公司

出版发行 山東畫報出版社

社　　址 济南市市中区舜耕路517号 邮编 250003

电　　话 总编室（0531）82098472

市场部（0531）82098479

网　　址 http://www.hbcbs.com.cn

电子信箱 hbcb@sdpress.com.cn

印　　刷 山东临沂新华印刷物流集团有限责任公司

规　　格 130毫米×185毫米 32开

9.25印张 7幅图 10.1千字

版　　次 2023年4月第1版

印　　次 2023年4月第1次印刷

书　　号 ISBN 978-7-5474-4230-2

定　　价 48.00元

巴金摄于朝鲜战地

1952年4月12日，巴金与黄谷柳(右)摄于开城

1952年4月17日，65军194师砂川河前线交通壕中欢迎巴金一行标语

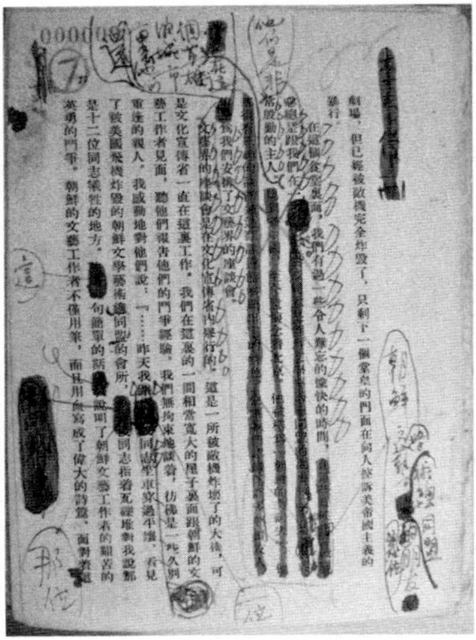

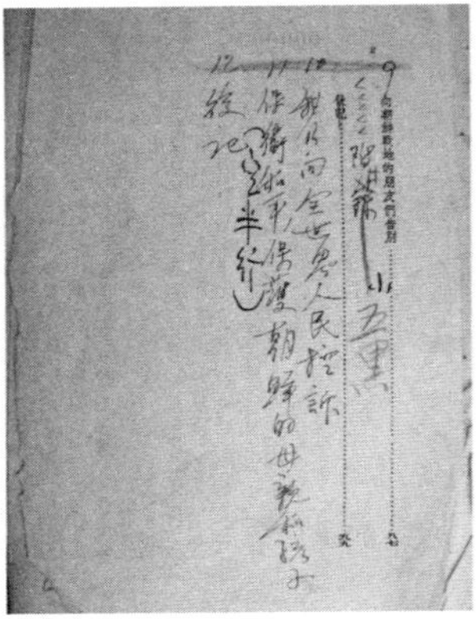

《生活在英雄们的中间》一书校样，上面有巴金修改的笔迹

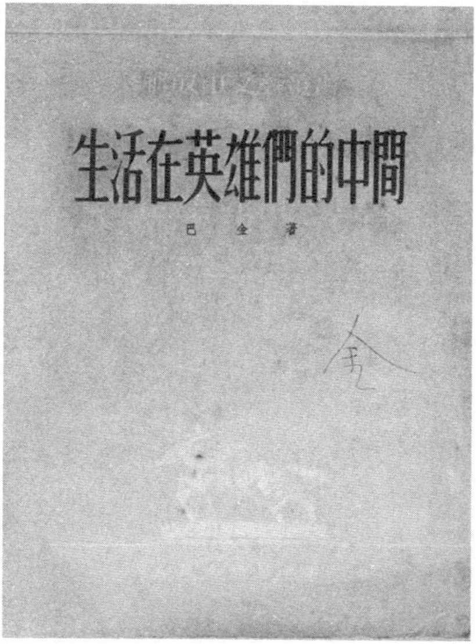

《生活在英雄们的中间》初版书影

《我们会见了彭德怀司令员》初版书影

出版说明

1952年3月初至10月中旬，巴金担任中国文联朝鲜战地创作组组长在朝鲜访问，本书即为这一次赴朝访问的创作成果。巴金晚年曾说："我说，我要改造自己，从头学习。"本书也可以看作是他"从头学习"的成果，同时，他也曾说过："解放初期，我不过四十出头，正当壮年，总想写出点东西来，但总是写不好。……我写不好自己不熟习的生活。”(《作家靠读者养活》)这可能也是理解他这些文字的基础。

《生活在英雄们的中间》作为“解放军文艺丛书”之一种，人民文学出版社1953年2月初版。其中《我们会见了彭德怀司令员》《生活在英雄们的中间》两文还曾收入“文学初步读物”丛书，以《我们会见了彭德怀司令员》为题由人民文学出版社在1953年3月另行出版过单行本。本书全部文字曾收入《英雄的故事》(四川人民出版社1979年7月版)，部分篇章又曾收入《巴金选集》第九卷(四川人民出版社1982年10月版)，后全部文字收入《巴金全集》第十四卷(人民文学出版社1990年3月版)。

此次据《巴金全集》排印，个别文字和用法仍保持原貌，并未根据当下编校规范修改和统一。附录部分为本书编者所增。还需要说明的是，这些文章写于特定历史时期，某些提法和观点未必与当下历史结论完全一致，为了保持历史文献的原貌和真实性，本书编者不做编辑和统一。

目　录

生活在英雄们的中间

附　录

生活在英雄们的中间

我们会见了彭德怀司令员*

我们在三月二十二日正午以前见到了志愿军的彭司令员。外面开始在飘雪。洞子里非常暖和。三反办公室是一间并不太大的屋子，却只在靠门的这一头，在低矮的石顶盖下，悬了两盏没有灯罩的电灯。灯下放了一张简单的桌

* 本篇最初发表于一九五二年四月九日《人民日报》。

子，桌上有几个玻璃杯。四把简单的椅子放在桌子前面，椅子后面有十多根橡木板凳。我们十七个从祖国来的文艺工作者坐在板凳上，怀着兴奋的心情，用期待的眼光望着门外半明半暗的甬道。我们等候了一刻钟。我们等待着这样的一个人：他不愿意别人多提他的名字，可是全世界人民都尊敬他为一个伟大的和平战士；全世界的母亲都感谢他，因为他救了朝鲜的母亲和孩子；全中国的人民都愿意到他面前说一句感谢的话，因为他保护着祖国的母亲和孩子的和平生活。拿他对世界和平的贡献来说，拿他保卫祖国的功勋来说，我们在他面前显得太渺小了。所以在听见脚步声逼近的时候，一种不敢接近他的敬畏的感觉使我们突然紧张起来。

他进来了。我们的注意的眼睛并没有看清楚他是怎样进来的。没有挂任何勋章，一身简单的军服，一张朴实的工人的脸，他站在我们面前，显得很高大、年轻。他给我们行了一个军礼，用和善的眼光望着我们，微笑地说：“你们都武装起来了。”就在这一瞬间，他跟我们中间的距离忽然缩短了，消失了。我们亲切地跟他握了手。他端了一把椅子在桌子旁边坐下来，我们也在板凳上坐了。我们刚坐定，他又带笑说：“你们里头有几个花木兰。”我们中间的三个女同志也笑了。他问我们：“你们跨过鸭绿江有什么感想？”一个同志说：“我们觉得是离开祖国了。”另一个同志说：“我们不是跨过鸭绿江，我们是坐车过江的。”他带笑地纠正说：“不，还是跨过的。”他拿左手抓住椅背，右手按住桌沿，像和睦家庭中的亲人谈话似的对我们从容地谈起来。他开头就说：“朝鲜人是个可尊敬的优秀的民族。他们勇敢，勤劳，能吃苦，能忍耐。我们来朝鲜以前对这一层了解得还不够深刻。他们给日本帝国主义榨取了几十年，现在又遇着像美帝国主义这样强大残暴的敌人。他们现在是在苦难中，因敌机轰炸，有不少的人没房子住，也有缺粮饿饭的，我们应当尽力援助他们。他们在保卫世界和平的战斗中已经尽了他们的责任。”从朝鲜人他又谈到美国的侵略军。他说：“过去我们看惯了日本兵的暴行，美国军队的残忍凶狠只有超过日本兵。所以朝鲜人是那样普遍地恨美国侵略军队。现在他们居然不顾一切用起细菌和毒瓦斯来了。苏联科学家说我们科学家用种种方法要扑灭鼠疫，消灭害人的细菌，美国人反而在各处撒播病菌，这是丧失了人性。我们的战士说：‘我们连飞机大炮都不怕，还会让这些蚊子苍蝇吓倒？’”他的明亮的眼睛射出一种逼人的光，我们看出来他对美帝国主义者的憎恨跟他对朝鲜人民的热爱是一样的深。他有点激动了，摘下军帽放在桌子上，他的光头上一些很短的白发在电灯下闪光，这些白发使我们记起他的年纪，记起他过去那许多光辉的战绩，使我们记起前一晚上丁处长告诉我们的小故事："彭总在这次'三反'中把烟也戒了。他说：'我假定还活十年，戒了烟，这十年中间也可以替国家节省一笔钱。'"单是这个小故事也可以说明他对祖国的深切的爱。这样鲜明的爱与憎更能够吸引人。我们更注意地望着他，好像要把他的一切都吸收进我们的眼底。大部分的同志不记笔记了，美术组的同志也忘了使用他们的画笔，为的是不愿意分散他们的注意力。他抓起帽子戴在头上，拿右手摸了摸嘴，然后把手放在膝上，继续谈起来。他用关切的口气，用具体的例子说明抗美援朝对祖国的关系，谈到抗美援朝的正义性和作战的经验，谈到几次战役胜利的原因，分析帝国主义阵营中间的矛盾，和美国统治阶级中间的矛盾，然后又谈到朝鲜停战谈判的前途。我们记牢了他的这样的话："我们的兵法家孙子说得好：知己知彼，百战百胜。相反地，敌人始终把我们摸不清楚。敌人愿意跟我们谈判，是因为我们把他们打痛了。在谈判中间他们还不甘心，又发动秋季攻势，结果还是吃了亏，伤亡十二万人，才又谈起来。现在敌人是进退两难：要打，他们得不到胜利，没有出路；要和，大资本家的暴利又没有了，经济危机也要来了。我们却不然：和，本来是我们愿意的，我们就是为了和平才来作战的；战，我们也不怕，我们是越打越强。"听着他的浅明的详细的反复的解说，望着他那慈祥中带刚毅和坚定的表情，我感到一股热流通过我的全身。朴素的话语中流露出对民族、对祖国的热爱，恳切的表情上闪露出对胜利的信心。他不倦地谈着，他越谈下去，这一切越是明显。他越谈下去，我们也越感到温暖，越充满信心。我的整个心被他的话吸引去了。我忘记了周围的一切。我忘记了时间的早迟。我忘记了洞外的雪，忘记了洞内的阴暗的甬道，忘记了汽车上的颠簸，忘记了回去时的滑脚的山路。我甚至忘记了我们在国内听到的志愿军过去作战的艰苦。我只看见眼前的这一个人。他坐得那么安稳，他的态度是那么坚定。他忽然发出了快乐的笑声。这时候我觉得他就是胜利的化身了。我们真可以放心地把一切都交给他，甚至自己的生命。我相信别的同志也有这样的感觉。我们的这种尊崇的表情一定让他看出来了，所以他接着说："作战主要靠兵，自古以来兵强第一，强将不过是利益和士兵利益一致的指挥员。指挥员好比乐队的指挥，有好的乐队没有好的指挥固然不行，可是单有好的指挥没有好的乐队也不行。个人要是不能代表绝大多数群众的利益，他便是很渺小的。”他甚至谦虚地说：“我也常犯错误。拿我一生中做过的事来说，我不过是像毛主席所说的‘功过各半’。”他一直从容地谈下去。军事、政治、经济、文化，各方面他都谈到。生动，深刻，具体，全面，他就这样地给我们谈了三个钟头。他最后一次把左手从椅背上拿下，挺起腰来说：“我的话就完了。我是漫谈，恐怕文不对题。以后再找人给你们谈。”到了这时我们才吐了一口气，注意到时间过得太快了。接着他听见宋副司令员跟我们讲话，最后讲到“欢迎”时，他在旁边接下去说：“我虽然没有说欢迎，可是我心里是欢迎的。”这一句话使我们的心激动胜过千言万语。我们能够用什么话来说明我们的感激的心情呢？甘主任在闲谈中对我们说：“彭总这句话里头有很深的感情啊。”甘主任是了解我们的。他又说：“人都有感情。战士的心是很细致的。有的战士背着炸药让自己生命跟敌人坦克同归于尽，他并不简单。他是有深厚的感情的。牺牲自己并不是容易的事。这样的感情，我们不应该让它埋没，我们有责任把它表扬出来，让祖国人民知道。”甘主任是个爱发笑的人，可是这时候他的声音抖得厉害，他很激动，他也有深厚的感情。我们文艺工作者也是有感情的人，接触到这样伟大的心灵以后，难道我们还不能够交出个人的一切吗？……

晚会结束后，我们走出洞来。雪落得更大了。汽车把我们送回到宿舍的山脚下。我们冒雪上山，好不容易走到宿舍的洞口。雪花满天，冷气扑面，我埋头看山下，只有一片白雪。没有一个人家漏出灯光。夜并不迟，北京时间不过九点光景。在祖国的城市里应该是万家灯火的时候吧。孩子平静地睡在床上，母亲安静地在灯下工作，劳动了一天的人也得到了休息。是谁在这遥远的寒冷的兄弟邻邦的国土上保卫着他们的和平生活呢？祖国的孩子们是知道的，祖国的母亲们是知道的，全中国的人民都是知道的。孩子们梦中的微笑，母亲们脸上满足的表情，全中国人民幸福的笑容就是对中国人民志愿军和他们的指挥员彭德怀将军的感激的表示。

3月26日。

我们向全世界人民控诉*

不管中朝人民怎样词严义正地声讨美帝国主义者发动细菌战的罪行，美国侵略军仍然毫无顾忌地继续使用残杀人类毁灭文明的细菌武器。我们在朝鲜前线工作的中国文艺工作者，不能够在这个时候沉默。我们有责

* 本篇于收入《生活在英雄们的中间》前未全文发表过。

任写出我们在这个受难的、英勇的国土上的见闻，诉于全世界人民的良心。我们向全世界人民控诉美帝国主义的罪行，要求全世界人民起来制止这种灭绝人性的大屠杀。

进行了九个月的开城—板门店的停战谈判并没有实现全世界人民的希望，给朝鲜带来和平，这唯一的原因就是美帝国主义者不愿意和平，他们千方百计拖延谈判，阴谋破坏谈判，扩大侵略战争。为了实现这个阴谋，他们现在又在谈判期间用这种凶残的毒计杀害朝鲜的母亲和孩子。全世界人民应该注意这个在今年一月开始的滔天罪行。今年一月下旬美国侵略军开始在朝鲜的土地上投下大量的带有各种细菌和病毒的昆虫和鼠类。这两个多月来美帝国主义者一面教他们的发言人用花言巧语抹煞事实，企图欺骗世界人民，一面继续在朝鲜各地散布病菌，甚至把带病菌的蚊子、苍蝇、蜘蛛、跳蚤投在中国的领土。美国的一个战争贩子克利西将军在一篇文章里公开地告诉世界人民：鼠疫、伤寒、霍乱等病菌是比炸弹、炮弹更便宜的武器，用这种“最小的代价”就可以消灭人民，占领完整的城市和工厂。这是刽子手的真实口供，这是对世界人民的极大的威胁。今天投掷在朝鲜各地的东西，明天也可以在欧洲人口密集的城市中出现；美帝国主义者今天用来杀害朝鲜人民的武器，明天也可以被使用来杀害全世界的人民。我们并非夸大事实恐吓世人，也不是无中生有，虚言控诉。我们亲眼看见美帝国主义者在这个国土上布置的阴谋毒计。我们看见在零下十七度的雪地上产卵的带病菌的小苍蝇，我们看见被投在高山上的成堆的死鱼，我们看见从雪地捉来的成千的跳蚤，我们看见带鼠疫杆菌的死鼠，我们也看见美国飞机投掷下来的各种类型的细菌容器……还有那许多带霉菌的树叶，包在纱布里的鸡毛，带病毒的乌鸦和喜鹊，带细菌的苍蝇、蚊子、猪肉、狐狸，以及其他不容易说出名字来的奇怪东西。这些真凭实据，说明一件事实：美帝国主义者不仅想灭绝生活在这个国土上的人民，他们还想使生长在这个国土上的植物和牲畜一起死亡。他们把自己比作散布瘟疫的恶神，想用枯骨来建造自己的胜利宝座。

现在不是孤立主义的时代，今天也不是隔岸观火的时候。一个地方的火灾，倘使不及时扑灭，就可能延烧到另一个地区。一个城市里发生的瘟疫，倘使不及时消灭，也可能传染到另一个城市。欧洲人应该保留着关于黑死病的痛苦的记忆吧。整个文明世界为了消灭瘟疫，不知花费了多少人的精力。美帝国主义发动的细菌战，今天在朝鲜，不过是一个开端。整个世界都受到了威胁。朝鲜人民和中国人民志愿军进行的粉碎美帝国主义细菌战的斗争，也就是为了保卫世界的文明，保卫全世界人民的幸福，这个斗争可能是艰苦的，但是它一定会得到胜利。

我们亲眼看见并且参加了这个斗争，我们应该向全世界一切爱好和平的善良的人提出警告：要是你们不愿意退回到远年黑死病的时代中去，你们就得紧密地团结起来，制裁全人类的公敌、发动细菌战的战犯——美国侵略者，斩断他们的血手。粉碎美帝国主义者的细菌战是全世界人民的共同的责任。现在是你们来尽责的时候了。

最后，作为在朝鲜前线工作的中国文艺工作者，我们感觉到更有责任跟朝鲜的文艺工作者站在一起，向全世界的作家和艺术家提出要求：要求你们立即起来参加这个伟大的斗争，要求你们用你们的文学艺术的武器揭露美帝国主义者发动细菌战的罪行，用你们的良心激动全世界人民的良心。让我们团结在一起，为保卫世界文明，保卫全世界人民的幸福而奋斗。

1952年4月1日。

平壤，英雄的城市*

离开平壤的那个傍晚，同志们都上车了，我还站在文化宣传省的门前，我最后一次望对面月光下的牡丹峰。苏军解放朝鲜纪念塔和牡丹峰国家剧场炸毁后的门墙还看得见。一层朦胧的银白色笼罩了整个平壤城，牡丹

* 本篇最初发表于一九五二年六月一日《人民文学》六月号。发表时题为《平壤》。

峰下面在白色中闪出来几点灯光。对这英雄的城市，这美丽的国土和这勇敢、热情的人民，我感到一种不能用言语说明的热爱。我真愿意在这里多留一些时候。可是嘎嘶车载着我们缓缓地向下面的市街驶去。穿过那些砖瓦堆，穿过那些断墙颓垣，经过那些穿着颜色鲜明的衣裙、头上顶着包袱的朝鲜女人的身旁，经过那些矮小、简单的店铺的门前，我们的嘎嘶车走出了平壤，迎着那不断的人流和车流，沿着那条美国飞机永远炸不断的公路跑去。我们看见了不久以前被敌机打坏的卡车，火还在燃烧，可是没有一种力量能够阻止来往的车辆在这条公路上飞奔。我激动地想起了那一首歌：《飞吧，英雄的小嘎嘶！》。就是这些嘎嘶车一直在敌机的威胁下跑遍了朝鲜的前方和后方的。

我们在平壤一共停留了四天，我们跟朝

鲜的朋友相聚也就只有这四天。我们进入朝鲜境内已有半个月光景，可是在这短短的四天里我们认识了整个朝鲜的面貌，我们更贴近地接触了朝鲜人民的心。我们在朝鲜人民中间只看见一个决心：争取抗美战争的最后胜利；只看见一种爱：爱他们的领袖，爱他们的英雄，爱他们的朋友——中国人民志愿军和全世界爱好和平的人民。

在平壤，在这个一片废墟的城市中就充满着这种爱，充满着这种决心。从朝鲜人民敬爱的领袖金日成将军起一直到在瓦砾堆中挖一个大坑盖一两间小屋住在那里面的朝鲜老太太，都对我们表示了这种爱和这种决心。这是朝鲜人所共有的，也是任何力量毁灭不了的。

在一个朴素而庄严的客厅里，金日成将军坐在我们中间，他用流利的中国话跟我们谈了一个钟头。他亲切、扼要、而充满信心地对我们说明了共和国的情况和未来的远景。他着重地讲到三点。他说："一，朝鲜解放时间虽然不长，可是人民已经感觉到人民民主制度的优越性，和这个制度对自己切身的关系。朝鲜人做过三十六年日本帝国主义者的奴隶，深感到亡国的痛苦，两相比较，绝不愿意再做美国的奴隶。二，朝鲜人过去在日本帝国主义的统治下，一直在斗争着；那个时候并没有自己的军队也能斗争，现在不仅有了自己的军队，还有了自己的政权和党，所以更要奋斗。三，朝鲜人民感觉到自己不是孤立的，有世界人民尤其是中国人民的援助。中国人民还派遣了志愿军和朝鲜人民军并肩作战，这是一个伟大的力量。因此朝鲜人民对战争的最后胜利更有信心。"金日成将军把头稍微向上一扬。他的年轻的丰满的圆脸上露出微笑，笑容中有一种任凭什么力量都不能够转移的坚定的表情。“人民始终有克服困难的信心。政府也有这样的决心。我们对前途有把握。和，我们很高兴；战，我们也不怕。”他用一些数字和一些事实来说明朝鲜人民克服困难自力更生的过程。谈到美帝国主义进行的细菌战，他愤慨地说：“我们的老百姓说：‘你有办法丢，我们有办法扑灭。’朝鲜人民有办法粉碎美帝国主义的细菌战。”金日成将军又谈到中国人民志愿军，他说了一些话之后，又说：“志愿军和人民军的关系非常好。人民对志愿军感情很好，朝鲜人把志愿军叫做自己的军队。这是人民的意见。”他用友爱的眼光扫了我们一眼，好像在看自己家庭中的人一样，这眼光比话语表示了更多的意思。谈到后方的斗争时，他忽然兴奋地说：

“朝鲜可以引以为骄傲的是：朝鲜的妇女是英雄的妇女。”金日成将军说了我们的心里的话。

向金日成将军告辞出来，我坐在文化宣传省奇副相的汽车里，我没法把那些使我的心激动的话告诉奇副相，他不懂一句中国话，我不会做手势，我只有带笑望着他。我想对他说：有这样一个人在领导你们进行斗争争取胜利，你们一定会得到胜利。

在牡丹峰地下剧场里，我们欣赏了朝鲜的古典名剧《春香传》。我们走下一百七十五级台阶，进了这个现代化的剧场。美国飞机在平壤的夜空盘旋的时候，我们同几百个朝鲜友人正在聚精会神地注视舞台上古代朝鲜妇女的英雄的形象。不受威胁、不为利诱、宁愿忍受苦刑把青春断送在监牢里的少女春香，正是朝鲜的英雄的妇女的象征。

然而《春香传》究竟是过去的传奇了。到过朝鲜的人，在这个美丽的国土的任何一个角落上都可以看到现代朝鲜妇女的英雄形象。要是你在泉边井畔站一个钟头，你会看见朝鲜妇女接连不断地来取水，她们有的头上顶一个水罐，有的背上缚一根扁担，挑两个水桶。她们同样地穿着船形的鞋子，穿着颜色鲜明的衣裙。要是你在乡村里逗留一些时候，你可以看见朝鲜妇女背着小孩在田里劳动，在公路上挖土修路，你会看见穿红着绿的妇女在茅屋门前三四个人一起用非常简单的方法在纺线。许多脸上涂着污泥的少女在矿山里工作，更多的脸上常带笑容的妇女在工厂里劳动。要是你到过平壤的工厂，比方说国营纺织厂或者烟草工厂吧，你看见就在敌机炸毁的瓦砾和断墙中间，许多女工怀着那么高的生产热情在劳动，她们脸上那种带信心的笑容，她们那双动作快速好像永不休息似的手会引起你的惊讶和赞美。那些得过共和国功勋章的劳动英雄会直率地、诚恳地告诉你她们的英雄事迹，不管她们中间有的年纪不过二十，有的已有三十九年的工龄而且被人称为“阿妈妮”[①]。你还有机会看见地下的纺织厂，也有机会看见地下的工人托儿所。那些天真的小孩在地底下对你微笑，向你招手。他们不会讲许多话，不会要你告诉他们为什么他们不能见到阳光。但是你会从那些穿白衣的保姆的和善的面容上了解许多事情。

你不必到别处去找英雄，也不必去找新奇的事实和带传说性的非常的人。你也用不着去翻读关于朝鲜妇女斗争的记载，论牺牲

① “阿妈妮”：朝鲜话，“母亲”的意思。

自己和成仁就义，你在朝鲜妇女中可以找到许多可歌可泣的事迹。可是你不能放过这数不清的到处皆是的坚守在后方生产岗位上的朝鲜妇女。她们有着同样的平凡的面貌，同样的乐观的表情。据说朝鲜妇女能忍受痛苦，她们在最伤心的时候也不哭。的确那个春香在受笞刑被打得死去活来的时候就没有哭过一声。就是这样的朝鲜妇女使得平壤城，使得全朝鲜的后方都有了生命和战斗力量。在地下的商场里，她们亲切地招呼顾客。在十字路口，她们站在岗位上吹着哨子挥动指挥棒指挥交通。在瓦砾堆中她们用几根木头、几块木板和两扇门窗在搭建住房。而且是她们用跳舞，用歌声，用笑语来迎接了朝鲜的春天。要是你弯下腰走进一个一半藏在地下的朝鲜的家庭，那个坐在炕上的朝鲜老太太会用笑容来欢迎你，会告诉你她对中国人和志愿军的爱、她对美帝国主义者的恨，从她的嘴里你听不到一句诉苦的话。她不像是住在一片废墟的中间，她倒像是住在一个光荣的胜利的城市里面。

就在这样的日子里，就在看见了这一切的事情以后，在平壤市的一个地下食堂里，我们的一位女同志举起酒杯来，建议大家为英雄的朝鲜妇女干杯。这是很有意义的祝杯。在这个食堂里工作的也有朝鲜的妇女。这是地下室，上面有一所很漂亮的大剧场，但已经被敌机完全炸毁了，只剩下一个堂皇的门面在向人控诉美帝国主义的暴行。

在这个食堂里面，我们有过一些令人难忘的愉快的时间，在这些时候主人李同志总是跟我们在一块儿。李同志是朝鲜文学艺术总同盟的副委员长，是一个非常殷勤的主人。他到过中国，至今还怀念着北京。他那很有风趣的谈话通过翻译还能够显出它的特色。他让我们认识了许多朝鲜友人，他还为我们安排了文艺界的座谈会。

文艺界的座谈会是在文化宣传省内举行的。这是一所被敌机炸坏了的大楼，可是文化宣传省一直在这里工作。我们在这里的一间相当宽大的屋子里，同朝鲜的文艺工作者见面，听他们报告他们的斗争经验。我们无拘束地谈着，仿佛是一些久别重逢的亲人。我感动地对他们说：“……昨天我跟李同志坐车穿过平壤，看见了被美国飞机炸毁的朝鲜文学艺术总同盟的会所，李同志指着瓦砾堆对我说那是十二位同志牺牲的地方。他的一句简单的话给我说明了朝鲜文艺工作者的艰苦的英勇的斗争。朝鲜的文艺工作者不仅用笔，而且用血写成了伟大的诗篇。面对着这种英雄气概，我感到一种严肃的心情。朝鲜的文艺工作者是值得全世界善良人民的敬爱的，而且你们有权利要求全世界有良心的作家和艺术家来参加你们的斗争。前晚我们在美国飞机造成的一片废墟中间的地下剧场里欣赏了朝鲜的古典名剧，昨天我们参观了被敌人破坏了的牡丹峰上的中央博物馆，在那个在地下工作的文物保存委员会里我们还看到准备将来重修的古建筑物的图样。事实证明了是谁在保卫文化，谁在毁灭文化。朝鲜人民进行的战争是保卫文化的战争，是正义的战争，你们一定会得到胜利的。”

飞奔的嘎嘶车突然停下来，驾驶员下车去，把车头的伪装取开了。车子不打灯，在月光下继续向前奔着。这辆嘎嘶车载着我们走了不少的路。它先前把我们带到朝鲜人民军的部队里去，现在又从那里把我们送回招待所。我们在人民军的军团部里停留了六个多钟头，听了军团长和战斗英雄们的生动的报告。英雄事迹是说不完的，可惜时间限制了我们。许多次热烈的握手，许多次友爱的眼光的注视说明了两个民族中间的深厚的友谊，而且在这里我们可以用话来表达我们的感情，因为在这些英雄里面就有一些人曾经为了中国人民的解放战争流过血和汗。看到朝鲜人民军的英雄，我不禁想起了金日成将军的谈话：今天共和国的英雄就是那些“认识到自己在祖国与人民面前所负的神圣的任务而且很好地执行了这个任务”的和平战士。在每个英雄的笑容上我都看到了争取最后胜利的决心。

嘎嘶车继续在山道上奔驰。敌机时不时地从车子的上空掠过，我们只听得见它的声音。在我们的四周，只有山和树，只有溪水和砂石。我们看不见车辆和人群。我们的车子早已走出平壤的郊区，正向着一个安静的角落驶去。我伸出头去看后面，什么也看不见。别了，平壤，这英雄的城市。

4月12日追记。

在开城中立区*

我站在“为朝鲜和平而牺牲的姚庆祥烈士”的墓前，望子男山下。在深绿的松树中间露出盛开的粉红桃花，一汪浅水旁边有几棵抽芽的杨柳，有几块新绿的麦田，对面山脚下村子里走出来两三个穿白衣的朝鲜女人。

---

* 本篇最初发表于一九五二年五月六日《人民日报》。

我把眼前这一片和平的景象望了好一会。这雨后的田野使我想到了祖国的江南的春天。虽然今天早晨还飘过一阵雪，可是在朝鲜三八线上的开城，春天毕竟来了，即使它来得迟，但它终于来了。昨天我还在小学校的操场上看见将近两百个小学生的快乐的笑容，听到他们年轻的歌声。就在这个操场上我也看到开得很好的朝鲜的迎春花。

朝鲜是花的国土，春天到来的时候，满山满野开遍了颜色鲜明的花。可是美国侵略者却用尽方法把这个美丽的国土变成一片虚墟。一个多月来，我经过不少的朝鲜的城市，就难得看见一间整齐完好的屋子。这里却是一个例外。在这里，在我眼前出现了和平的村庄，而且在那一边，在我刚才来的那个地方还有着典型的朝鲜风味的美丽的房屋。

这里是一个特殊的地方。这就是全世界

人民时时刻刻注意着的开城。开城，这个美丽的朝鲜的古城市，和美国侵略军占据的南部的汶山一样，是朝鲜停战谈判中的中立区。朝鲜停战谈判就是在这里开始的。现在的会场区板门店也还是在这附近。白天走出市区，我可以看见悬在板门店上空的四个银色气球。夜晚站在住房的廊上，我又看到那圆柱似的探照灯光笔直地高耸在天空。这几天我住在朝鲜老太太的家里也常常听见飞机声，美国飞机经常飞过这个城市的上空。美国侵略军侵犯中立区的事件也不只有过一次了。但比起时常受到美国飞机盲目轰炸和扫射的朝鲜北部的其他城市来，开城毕竟是一个特殊的地方。

姚庆祥烈士的墓碑面对着山下的和平景象。就在这墓碑的背面，我读到这样的一段话："……朝鲜停战谈判开始后，姚庆祥同志奉命到开城中立区担任军事警察，保卫会场及双方代表团的安全。一九五一年八月十九日在板门店附近巡逻时，遭美李侵略军预伏在该地的武装部队的非法袭击，壮烈殉职。”这一段碑文就说明了美国侵略者在朝鲜停战谈判中所采取的无诚意的态度。姚庆祥烈士牺牲在中立区内，牺牲在执行庄严的职务的时候，他的遗体还躺在这里保卫和平。十个月很快地就要过去了。谈判的会场由开城的来凤庄搬到板门店。全世界人民的眼光正集中在板门店的几个帐篷上面，希望侵略者能够从失败中得到教训，接受中朝人民的公平合理的和平条件，停止对朝鲜人民的侵略暴行。可是今天美国侵略者还继续在用一分钟、半分钟、四十秒钟的会议来拖延谈判。而且就在谈判进行的中间，他们在这个中立区以外的朝鲜土地上投掷大量的带有各种细菌和病毒的昆虫，开始了以屠杀朝鲜人民为目的的细菌战。不但这样，连这个中立区的土地也曾遭受过美国炸弹的损害，而且连做过谈判会场的来凤庄今天也还留着美国炸弹造成的伤痕。去年十月十二日十二岁的朝鲜孩子姜永敦还在会场区的附近流尽了他的年轻的血。

姚庆祥烈士的血并不是白白流了的。今天他睡在这山腰，他好像还睁着两只眼睛在监视着破坏和平的敌人，他时时刻刻都在警告我们，要我们提高警惕。

我走下山来，向左边的路上转过去，便看见一所烧毁了的大建筑物。我走过城内中心区，到处都是瓦砾堆，在城内我不容易找到一所完好的房屋。这一带地方我来过不止一次。先前看见的和平景象不过是中立区的一面，另一面便是这无数的向人们诉说着美帝国主义暴行的断瓦颓垣。朝鲜人民就在这些瓦砾堆中生活。在正午的时候，市场上还出现了空前拥挤的热闹景象。现在人们都坐在家里休息了。

我也回到了我的暂时的“家”。刚在炕上坐下来，我就听见了轰隆的炮声。这声音对我并不是陌生的。每个夜晚，每个早晨我都听见它。美国的大炮又在向我们的阵地发射。这种早晚不断的炮声使我永远记住一个事实：我们的战士不仅时时刻刻在警戒着，而且他们在保卫着这里的和平。他们在保卫着这个四处埋伏着战争的中立区。我们都知道美帝国主义者在谈判的初期，曾经要过这个城市。我们说：“你有力量你来拿吧。”可是他们没有力量拿到开城。不管他们每天每夜不停地向这个中立区外我方的阵地发炮，不管他们每天每夜把成吨的钢铁倾倒在我们的阵地上，不管他们用什么战术向我们的阵地进攻，可是他们始终没有能够前进一步。而我们的战士呢，战士们的勇气和信心以及他们的乐观主义的精神使得每个到过前沿阵地的人都受到了感动和鼓舞。他们都是像姚庆祥烈士那样的英雄，他们下了决心要保卫世界和平，打退侵略者，立国际功。有了他们才有这里的特殊的和平景象，而且有了他们也一定会有最后的真正的和平。因为和平不是靠等待得来的，和平是靠人民的力量争取来的。

1952年4月10日开城。

朝鲜战地的春夜*

下了一天的雨，到傍晚，天晴正了。夜幕落在整个山上。起先还有几缕灰白烟从近处大厨房的烟囱里冒出来，后来它们也消散了。夜色越来越浓，只有山下开阔地里几块水田和水荡在发亮。从那里送过来鼓声似的

* 本篇最初发表于一九五二年八月一日《人民文学》八月号。

蛙鸣。空气凉爽、新鲜，这是朝鲜战地上的一个平静的春夜。

在不远的地方响起了歌声。年轻的声音唱着《王大妈要和平》。起初是一个人在唱，后来两三个人一齐唱起来。歌声刚刚落下去，接着就迸发出快乐的笑声，几个人用不同省份的口音在讲话。后来话声也听不见了。我这时才注意到在另一个坡上也有人大声讲话。我留心去听，只听见在说某某同志怎样。我知道是在表扬一个同志，是战士们在开会。

我在山头站了好些时候。我听着传到我耳朵里来的一切声音。这些声音对我已经不是陌生的了。我想着，想着，我想到了先前我坐在洞子里矮桌前面在日记本上写下的几句话："营参谋长看见洞口塌了，马上叫了班长和几个战士来，他自己先动手，花了三刻多钟的功夫冒着雨把土铲走了，又在洞口支了两根木柱。几个人浑身湿透了，脸上还带着微笑。我真愿意多看这些年轻的、健康的、淳朴的脸。”最后的一句不仅写出了我当时的心情，也写出这一个半月来我的全部的感情。这一个半月来在朝鲜的土地上，就是这样的脸给了我更多的温暖和更大的勇气，也就是这样的脸鼓舞我走了更多、更远的路。我在每个地方都看见这样的脸，每张脸都用亲切的微笑来接待我。这些脸对我已经是很熟的了。我好像很早就认识他们。我指的是志愿军的战士，祖国人民称他们做“最可爱的人”，他们的确是最可爱的：不仅他们的内心，就是他们的面貌也可以打动人，吸引人。

在夜色笼罩的山头上我想到志愿军战士们的笑脸，我的脸上也浮出了微笑。炮声突然响起来，接着是一个吹哨似的声音，然后又是一下巨响，好像炮弹从我头上飞过落在山沟里一样。其实炮弹并没有打过山头，它在我背后山下面就爆炸了。可能有破片落在这附近。我把板门店停战谈判会场的那股圆柱似的探照灯光看了两眼，探照灯光映在我的眼里已经很淡了。我往下走十几步，到洞口小小平台上去看那个年轻的岗哨，他仍然挺起胸膛站在那里。我走到他面前，第二个炮弹又打来了。他看见我，脸上露出了笑容。“敌人又在打炮了。”我说。他带笑答道：“敌人今天休息了半天，现在又忙起来了。这两天还算打得少一点。其实他就是把山头打平了，也毁不了我们的工事，何况他们就没有一炮打到这座山上来过。”我们这样地谈起来。但谈不了几句，话题就转到祖国的建设情形上面了。在朝鲜前线，敌人炮弹的威胁下，战士们时时刻刻在想念祖国，他们尤其关心祖国的建设。有一天早晨我走过一个小坡，坡上一个战士跟我谈话。他的第二句话就是：“祖国现在建设得更好吧。”又有一次我和一个战士闲谈，他说到“等我们回到祖国的时候，祖国一定建设得好得不得了”。我便问他：“你想祖国吧？”他笑笑，说：“想。”我再问：“你想回国吗？”他摇摇头：“不想。没有打退美国鬼子，没有消灭敌人、完成任务，我不想回国。”接着他又说：“祖国人民对我们太关心了，祖国人民对我们太好了，把最好的东西都送到我们这儿来，我们只有努力消灭敌人来报答祖国人民。”

在这个山上有不少从四川来的年轻的战士，他们爱祖国，也爱他们的家乡。他们的谈话中时常流露出这样深切的爱。他们中间有三个参加了一个月前的一个出击的小战斗，立了功。跟我谈话的岗哨就是其中最年轻的一个，他因为身体比较差一点，起初没有得到参加战斗的允许，后来经他坚决要求，上级才答应让他参加担架班。他跟着班长一起上前线，班长牺牲了，他却立下功劳。这一个年纪不过二十岁、有着孩子面孔的战士，在冲过敌人炮火封锁口时表现了无比的勇敢。另一个跟他年纪差不多的广东战士，脸上一直带笑，乍看他简直是一个孩子。可是他也在这次的战斗中成了英雄，还抓回来一个俘虏。他带笑地告诉我们："那是李承晚的伪军。他乖乖地跟了我来。他还说：'过去我们受了长官的骗。如果早知道志愿军是这样的好军队，我早就过来了。'……"在朝鲜战场上，勇敢是极平常，极普遍的。志愿军里面就很难找出一个胆小的人。不论是参加战斗，挖工事，摸地形，抓俘虏。……不论是指挥员和战士，不论是卫生员，护理员，通讯员，炊事员，不论是政治工作人员，后勤工作人员和驾驶兵，每一个人都表现了英雄气概。好几个驾驶兵一面开车一面跟我谈过去的情况。一个说："只要人在车就在。"另一个说："现在敌机不敢像去年那样猖狂了，"接着他讲起他怎样在敌机扫射下完成任务的故事，最后他说："除非打死我，就莫想叫我的车子停下来。"的确，任何力量都不能够摧毁志愿军的决心。他们从来不曾在任何困难、危险前面退却！就在我住的这个防空洞口，战士们写着这样的红字："……不管手上打血泡，日夜劳动不休息。挖工事石头硬，没有咱们决心硬。"在另一个前沿阵地上"钢铁英雄洞"的洞口贴着一张横条："一人吃苦，万人享福。"一个参加过五次战役的战士对我说："现在跟去年的艰苦情况大不相同了。现在我们一点儿也不苦。其实就是吃苦也不算什么，我们宁愿吃任何苦，只要祖国人民知道，我们也就不觉得苦。”他说得那么自然，他的身子站得那么稳，脸上甚至露出笑容，眼睛里发射出爱的光芒。这双眼睛正朝着祖国的方向，好像在望祖国。像这样深切的爱在战士们中间也是极普遍的。战士们不仅爱祖国，爱祖国人民，爱他们的领袖，爱自己的家乡，他们也爱朝鲜老百姓，爱这里的土地，爱他们在这土地上所创造的一切，爱他们亲手挖成的工事。据说这样的工事被敌人称为“土造的马奇诺防线”。这是一个很大的工程。我们可以说：好些朝鲜的山都让我们的战士挖空了。交通沟里到处都插着路牌：“英雄路”、“前进路”、“国际路”、“青年路”、“保卫世界和平路”……每个班有每个班自己挖的洞子，一个比一个整齐、美观，炮兵的比步兵的更讲究，洞口都有新扎的牌楼、红星、对联、横条，和其他的装饰。我见过一个“安全厨房”，里面有很干净的锅灶和碗橱，门口贴上对联：“煮好饭菜热又香，英雄出征上战场”。上面一张横条：“讲究卫生”。另一个前沿阵地的“安全厨房”里面还有一口井，井上有一个木盖。在这样的厨房里谁也找不出来一只老鼠或一个苍蝇。有一天敌人的炮打得厉害的时候，我们在一个班的“安全食堂”里看见两个广东战士在包饺子。指挥所、铁匠炉、俱乐部、安全厕所……每一个洞都有它的特点，在每样东西上面战士们都发挥了他们的创造性。敌人的千万发炮弹也没法摧毁我们的前沿阵地，我们的战士们在这里安下家了。一个在最近一次小战斗中立了功的东北战士说：“工事挖得好，可以消灭敌人，保卫祖国。看见‘老乡’（指朝鲜老百姓）的房子给敌人打坏，自己挖工事再累也不觉得累了。”的确，为了加强他们的工事，战士们一直手不停地在挖着，为了提前完成任务，他们甚至把自己吃的油节省下来作点灯用，因为没有亮，他们没法在洞子里挖下去。战士们不仅为他们自己挖防空洞，他们还抽出时间来替朝鲜老百姓挖防空洞。前沿阵地附近老百姓的房屋时常被敌人的炮弹打中，老百姓受了伤，战士们把他们抬来给他们包扎治疗。在一个连部里连指导员告诉我们：就在这一天上午一个朝鲜少妇回娘家去看她的父母，才知道房屋在三天前中了敌人炮弹，她的父母给埋葬在里面了。她没法在那里多停留一刻，敌人的炮弹打得太厉害了。她跑到我们的交通沟里躲了好一阵子，等到炮声稀少的时候才走回她的夫家去了。我们的战士甚至节省自己的食粮来帮助附近的朝鲜人民，一个从热河来的中年炊事员在炸花生米的大油锅前面感动地告诉我一些动人的事情。前些时候在一个兵团的政治部里我还听见一位首长建议节粮帮助附近的十二户人家。这是很自然的事，因为从志愿军的司令员一直到炊事员，上上下下都有着同样的爱和同样的心。志愿军在哪里，爱就在哪里开花，而且花开得像朝鲜满山的红花那样多。我还记得一个新从连队回来的军文工团副团长告诉我的一件事：有一个连队接到调防的命令，战士们虽然不愿意离开自己花了一万八千多个工挖好的工事，可是他们离开阵地时，并不说一句抱怨话，他们还叫出“来得痛快，走得痛快；走到哪儿，挖到哪儿”的口号。为了欢迎接防的友军，他们在动身前还打了一些柴，挑了水来把水缸装满，有些战士甚至留下礼物和诗句：

“东方发红天快亮，兄弟分别在山岗。兄弟虽然不一样，同样意志杀美狼。”毛巾上面绣着“卫国又保家，慰劳同志把汗擦。从今接守阵地后，多打胜仗多把俘虏抓”。“礼物微薄不可言，希望大哥不要嫌，阶级弟兄感情厚，祝你们英名万古传。”唯其把阶级的弟兄爱得这样深，才把阶级的敌人恨得那样切。我们的战士并不是好战分子，他们的恨是从这种阶级的友爱上产生的。战士们真诚、直率，可是他们的心很细。他们都是有深厚感情的年轻人。……

一下比先前任何时候听见的声音更响的炮声忽然从后面猛扑过来，好像有一股力量把我们头上的空气推动了一下，接着是一个震耳的爆炸声。我背后坡上的砂土簌簌地落下来。我的思路被打断了。过了两三分钟，我顺口向那个年轻的岗哨问了一句：“你怕不怕？”他没有回答，却短短地笑了一声。过了一忽儿他才说：“哪怕他美国鬼子钢铁再多，他也把朝鲜的山打不平。”接着他加上一句：“他更不要想打坏我们的洞子！”后来他又说：“我们不轻易发炮，我们一发炮就够他受的！”

我睡在洞里，半夜被炮声惊醒了。我起来到洞外去，在平台上看见另一个年轻的岗哨。“刚才炮打到哪儿？”我问他。“多半打在山后头。今天下午八连下面老乡的房子给打中了。看见老乡房子给敌人打坏了，我就是气，我恨不得马上打死几个敌人。”他讲完，接着又问我：“现在几点钟了？”我看了看手表，把时间告诉了他。他歇了歇，忽然说一句：“祖国人民听不到这样的炮声……”话并没有说完，一个提枪的战士走过来，打断了他。是换班的时候了。两个战士互相敬了礼，那个跟我谈话的岗哨交了班，提着枪缓步朝山下走去。嘴里低声哼着《歌唱祖国》的歌子。我知道他们警卫班的洞子在山腰。

我默默地站在洞口的小小平台上。我抬起头望着灰蓝色的天空。敌人的大炮又沉默了。蛙声时断时续。朝鲜山上的春夜相当冷，可是我的心很热，我激动得厉害，我不想回洞里去睡。我觉得有一股力量在我的心中搅动，有许多感情在那里翻腾，它们要往外倾吐，我恨自己不是一个有才能的歌唱家，我恨自己没有一枝写史诗的笔。我需要唱出这一个半月来堆积在我心里的爱，我需要写出这一个半月来堆积在我心里的爱，不是为我自己，是为了祖国的人民。啊，祖国的人民，我能够用什么话让你们全知道你们应该知道的这许多事情呢？我能够用什么话让你们知道像花一样地开放在朝鲜的遍山遍野的对你们的热爱呢？我能够用什么话让你们知道你们的幸福呢？你们的确是幸福的，因为有这么多的你们的同胞在这个遥远国土的山地上忍受艰苦，甚至用他们的血肉来保护着你们的和平生活，而且就在这个寒冷的春天的深夜，还有人在想念你们，因为没有炮声惊扰你们的睡眠而感到安慰。我的眼光一直在望着祖国的方向。我出神地望着那些在祖国见惯了的星星。我望着，我望着。我的心始终静不下来。我好像在天空中看见了一根用爱结成的绳子，它一直朝着祖国的方向伸过去，伸过去。我忽然觉得祖国一下子就近在眼前了。在朝鲜的山上我好像听见了祖国人民说话的声音。深厚的爱缩短了国土的距离。朝鲜前线战士们的心和祖国人民的心结合在一起了。这时候祖国人民一定在做着欢迎他们的英雄们胜利回国的梦吧。是的，一定的。我们新从祖国来的人知道祖国人民的心。祖国人民无时无刻不在想念他们的英雄，祖国人民没有一个不用最大力量来支援他们的英雄。用爱结成的绳子不单是朝祖国的方向伸过去，它也是从祖国的方向伸过来的。这根绳子是敌人的炮弹所毁不了的，它早就存在了，为什么我以前不曾注意到呢？……这样一想，我觉得我的心渐渐地平静了。祖国人民已经知道了我想告诉他们的一切。虽然他们不一定知道那许多个别的英雄的姓名，但是他们更喜欢用一个总的名字来称呼他们的英雄："最可爱的人"。他们做得对，因为整个志愿军中没有一个不是"最可爱的人"。所以我也不在这里提说任何一个人的名字。

1952年5月4日在开城前线。

一个模范的通讯连*

二十二岁的二等功臣

不管美国侵略军怎样残酷地把千万吨的炸弹投在朝鲜的土地上，他们却没法阻止春天的到来。今年春天，朝鲜的乡村里庄稼

---

* 本篇最初发表于一九五二年八月一日《新观察》第十三期。发表时题为《在志愿军的连队里》。

还是长得很好。在我们头上飞来飞去的美国飞机一定也看得见这一片一片绿油油的麦田吧。在一个月夜，就在这样的麦田中间，在一个朝鲜老大娘的家中，我们坐在炕上，听一个模范的通讯连队的三排副谈他的英雄事迹。

这个二十二岁的年轻人，从前是热河省大阁县一个放羊的孩子。现在他是朝鲜战场上志愿军某部通讯连的二等功臣。他盘着腿坐在我对面，我和他的中间有一张朝鲜式的小圆桌。他有一对发光的眼睛和一张紫红色的脸。他的声音不高，讲话也不多，但脸上容易现出激动的表情。他讲起他去年二月入朝时在大火中经过阳德的情况：“闻到烧焦的人肉气味，听见老乡们的叫喊，好些战士掉了泪，说要替朝鲜老百姓报仇。”但讲到他自己的事情，他就说得很简单。我们已经从别人口中知道他救火受伤的事。在五次战役以前，有一次敌机打着老百姓的房屋，他和全班人冲进烈火中去，在敌机扫射的威胁下，救出老百姓的衣物。他还和七、八个同志爬上火将要延烧到的屋顶去拔草救火，隔断火路，九间屋子保全了六间；他的腿上烧坏了一块肉。五次战役开始的时候，他是通讯连里的电话员。当时他那个班里守总机的只有他和正副班长三个人。班长生了病，他为了照顾班长休息，自己连续守总机守了两天三夜，白天他还要挖防空洞。到了战役的第二阶段，他已经很疲劳了，有一天刚架好电话线，他一下子就晕过去了。同志们把他抬进洞去，用土法急救，放了血，才醒过来。他休息不过一个钟头，又继续工作，背着单机，跟着部队前进。第二天他又背起了总机，不管爬山越岭，三十七斤重的总机老背在他的身上。连长叫他休息，他始终不肯休息。他夜里守机子，曾经晕过去两次。可是电话铃一响，他又马上醒过来，咬紧牙关坚持着，接通电话。他两天没有吃东西，身体十分疲倦，但是他一想到上级讲过：“电话是首长的耳目。完成任务主要靠通讯。……共产党员要克服一切困难，带头完成任务。”他便有勇气坚持下去了。他保证了在战斗中联络没有中断，完成了任务。

他用简单的话，讲完他立功的经过。要不是我们时常发问来引起他的较长的说明，那么他还会讲得更短。他的脸上露出谦逊的微笑，好像他做过的只是一些极平常的、不值得多提的事情。一个从师部里来的同志问起他的父母。他的回答很简单，而且是停了几次才讲完的。他这样说：“我父亲在我十二岁就死了。我母亲也走了。家里就只有伯父。……我父亲在的时候，借了别人四十块银元，他死了，没法还这笔债，我母亲走了，才把债还清，把我父亲埋了。”我明白他是在说：他母亲为了还债，为了葬他父亲再嫁了。“我不知道我母亲现在在哪里。我也不知道我父亲是怎样死的。他在地主家干活。离我们家远。地主叫人来说我父亲死了。”他的笑容收敛了，他的话吐得更慢，好像每个字都很沉重。他时而把头埋下，时而抬起头仰望着今天刚装好的电灯。两片厚嘴唇略微张开，轻轻地吐气。刚才发问的从师部里来的那个同志也沉默了，用力地在抽烟，我也难找出一句适当的话。

“像这样的痛苦以后永远不会再有了。这一切都跟着旧社会死亡了。”师部里来的同志在小圆桌上弄灭了烟蒂上的火，叹了一口气说。

“对。”年轻的副排长应了一声。

“前途是很光明的,”师部里来的同志又说。

“对,”副排长又应了一声。我也接下去说:“的确,前途是无限光明的。”

“对,”副排长第三次应着。他移过眼光来看我们,他点着头,带着信心地微笑了。

光荣的连队

三排副是通讯连里面第一个来和我们谈话的人。他的微笑给我们的心带来更多的温暖。等他翻过小山回到了二里外的工作地点总机班的时候,我们也扭灭灯睡在炕上了。我整个晚上都在想他——想他的过去的痛苦,想他的英雄事迹,想他的更光明的前途。我觉得从这一个人身上我已经看到整个连队的光辉的全貌了。

在我们的屋子里小圆桌上面放了一份连队的功臣表。三排副是这个连队的唯一的二等功臣。但他在连队里也并不是十分突出的人物。功臣表上一共有三十七个名字，从连长起，立三等功的人有二十八个，立两个三等功的有八个。据说评了功上级还不曾批下来的有四、五十个人。那么可以说连队里有一半的人都是功臣了。除了个人立功外，这个连队里有整个班立了功的，而且整个连队也立了一个三等功，还受到志愿军政治部的表扬。

第二天清早，迎接我们的是一个很好的晴天。在六点半钟的光景，我们走在麦田中间的小路上，遇见了连长、指导员和别的几位干部。连长和指导员在我们来到连队之前就跟我们见过面谈过话了。三等功臣郭连长已经过了三十岁了，他有一张农民的脸和一个粗壮的身体。连队里每个战士都称赞他的朴素的作风，说他遇事抢先干。他像慈母似地爱护每一个战士，有时还在夜间给战士们盖被子。战士们提到他的名字，脸上就浮出笑容。他是一个不爱讲话、喜欢做事的人。他讲话的时候，他那诚恳的态度使人觉得他似乎要把整个心吐出来给你看个明白。好几个战士对我说，前几个月为了帮助朝鲜老百姓，他首先发动大家把萝卜叶子拾起来弄碎调和着面粉吃，节省下粮食来送给老百姓。指导员到这个连队不过半年光景，可是他熟悉而且爱护模范连队的光荣传统。关于这个连队他跟我们谈得不少。朝鲜老百姓也很喜欢他。我听见一个朝鲜老大娘编歌子唱着称赞他。

跟这两个人在一起，我会想到整个连队的干部。他们的身材、面貌、口音、出身也许不同，每个人有他自己的一段历史，可是他们有着同样的过去的作牛马的痛苦生活、现在的英勇的战斗生活和无限光明的前途。他们有着同样的紫红色的健康的脸，同样的淳朴的微笑，同样的对祖国的热爱。跟他们在一起，我觉得自己也年轻了。

有一个黄昏，在集合点名之前，一个班的战士们在他们住的那一家的院子里，轮流地替朝鲜老大娘舂米。他们一面工作，一面用半中半朝的话跟老大娘谈笑。我也在那里。老大娘对我说："他们跟我儿子一样。"我笑着，我觉得我是在一个和睦的家庭里过了一个非常愉快的傍晚。

星期天的傍晚，我又到这个地方去，战士们刚刚点名回来，正在开一周总结会。班长在讲话，他先表扬了几个同志的优点，接着又批评一些同志的缺点。班长的话还没有讲完，有人进院子里来说，现在有任务要这个班派两个人出去。班长还来不及开口，就听见四、五个声音接连说：“我去！我去！”班长指定了两个人，他们拿起枪来挂在身上，就急急地走出去了。其余的人又静下来继续开会。不论是通讯班或电话班，每天出差的人都是很多的，并且都是愉快地出去而且更愉快地完成了任务回来。每天都有人冒着敌人炮火到前沿阵地去。

我的住处离这几个班最近，在战士们休息的时候，我就听见从那里传来的歌声和口琴声。在午睡的时间里，时常有一些战士到麦田里替老百姓拔黑穗。有一天刚过了正午，我们翻过山从总机班回到这里来。我看见一些战士躬着腰在麦田里拔黑穗，便走到他们中间去参加这个工作。我旁边一个战士对我说：“今年麦子长得好。”他已经拔下一大把，黑粉染黑了他的手。我的袖子上、手上也满是黑粉。后来我回宿舍洗手的时候，他也回来洗手。这个二十一岁的战士跟我们住在一个院子里，前一天他跟我们谈到他过去的生活。他讲话的时候很激动，总是把眼睛朝上面看。他告诉我们，他报名参加抗美援朝的时候，他的父亲嘱咐他：“不要糟蹋老百姓。”他说：“入朝行军时候腿有毛病，个人反正坚持着走……‘你想当初入党时候怎么说的。’……痛就痛嘛，个人反正要走。”他因为群众工作做得好，已经评了一个三等功，不过上级还没有批下来。他说：“看见四五十岁的老大娘哭，个人心里也很难过，就像看见自己父母哭一样。”他给我们看过他父亲最近从河南家乡寄来的信，信里有这样的话：“今年家里粮也够吃，我在家中一切事情都很如意。自你参军后，去年八月间你妻生一女，名叫翻妮，现在五、六个月了，吃得也非常胖，很快活。你听说也很高兴吧。……为父所嘱，只要你好好学习文化，打倒美帝国主义，就是你的任务了。”在过去的日子里他也受尽了压迫，可是翻身以后，却有了美满的家庭和幸福的生活。我们把信还给他，问道：“你看了你父亲的信有什么感想？”他没有笑，把信揣在怀里，仍然用他那激动的声音说：“非等到美帝国主义完蛋，朝鲜人民得到解放，个人不回家。只要还有一个人受到压迫，个人就不回家。”他识字不多，讲话时咬字也不准确。紫红色的圆中带扁的脸似乎突然发亮起来。面对着这样的英雄气概，我感动得说不出一句话。他说的不只是他一个人的话，他说出了整连战士的胸襟，他说出了我们志愿军英雄们的伟大的抱负。

“中朝亲如一家”

连部里有两面锦旗，是连队两次调防的时候，两个村子的老百姓送给连队的。一面较小的绿色旗上有一行红字：“爱护朝鲜人民的好榜样”；另一面粉红缎子的贴着绿纸剪成的字：“中朝亲如一家”。这不是两面普通的锦旗，它们是朝鲜人民用自己的心做成的。简单的字句的后面隐藏着无数的感动人的故事。我们花了一个星期的功夫，还不能够把那些故事一个一个地全找出来。的确如一个战士所说，那样的故事是说不尽讲不完的，而且是一直不断地在产生的。我们抄录了许多数字，数字看起来单调、枯燥，可是每一个数字包含着无限的热爱和感激的眼泪。二排长告诉我们两个故事：有一天一个班的战士们在吃晚饭的时候，看见一个朝鲜老大娘头上顶着一口大锅在路旁休息，她满身大汗，在那里喘气。战士们问班长：“老大娘顶着锅到哪里去？”班长叫联络员去问一下，才知道她要到二十里以外的地方去。战士们便向班长要求：下午没有事情，可不可以由他们出一两个人给老大娘把锅送去。班长向上级请示，得到了上级的准许。两个战士抬了大锅把她送到家，到傍晚才回来。战士们说：“朝鲜的老大娘就跟我们自己母亲一样，看见她吃苦，我们心里难过。”

一个战士上了课回来，看见一个老大娘头上顶着尿罐去浇菜，他就抢过尿罐，一罐一罐地端到菜地上，一勺一勺地浇到菜上去，他一口气浇了一亩半的地。有人问他：“你不嫌脏？”他答道：“老大娘跟我母亲一样。家里没有劳动力，我们应该帮助她，我们能嫌脏吗？”

这只是两个极普通的故事，无数的故事中间的两个普通的故事。二排长感动地说：“朝鲜老大娘对我们实在太好了，真是就跟自己的母亲一样。有一个战士打柴火的时候给蜂螫了，老大娘含着眼泪给他用酱敷。老大娘对我们的病号照顾得很好，真是比我们自己照顾还周到。”

可是朝鲜的老百姓又怎样讲我们的战士呢？有一次一个朝鲜老大娘含着眼泪摸着我们战士的肩膀说：“我七十多岁了，没有看到像你们这样的好军队。你们对朝鲜人民实在太好了。”

我亲眼见过好些动人的场面。我们到连队那天，正遇见三、四十个老大娘、老大爷来参加连队的庆功会和军民联欢会。他们大部分是连队的旧房东，从十多里外的村子走来看他们的熟人。大会还没有开始的时候，一个老大娘在战士们面前一边唱歌，一边跳舞。歌词和舞姿中所表现的都是战士们为她做过的事情：挑水、打柴、舂米、割稻、春耕……。她唱着跳着，忽然掉下眼泪来了。还有一个老大娘，她的丈夫让李伪军杀死了，两个媳妇让美国侵略军抢走了，儿子参加了人民军，她现在跟一个小孙儿在一起生活。会开完，告辞回家的时候，她眼里含着泪珠，紧紧握着我们战士的手，不肯放。她走不到一里路，又转回来找我们的战士。就是这些朝鲜女人，金日成将军所说的“英雄的妇女”，敌人杀死她们亲人的时候，她们都没有流一滴眼泪。她们从来不在敌人面前显露丝毫的软弱。可是跟我们的战士分别，她们却制止不了自己的泪水。有一天我们和连长、指导员带了一个联络员到她们的村子去，我们刚到村口，几个老大娘就跑过来迎接我们，握着我们每个人的手久久不放。不管我们懂不懂，她们只顾热情地说着朝鲜话。临走的时候，一个老大娘对我们说："你们回到中国，请告诉志愿军战士们的母亲，不要为她们的儿子担心。她们的儿子爱我们，我们也爱她们的儿子。朝鲜人和中国人是一家人。志愿军叫我们做'阿妈妮'，我们也把他们当儿子看待。他们待我们比我们的亲儿子还好。我们永久忘不了他们的好处。"我频频地点着头，除了朝鲜话的"哥马西米达"[①]外，再也说不出别的话来。

我们出了村子以后，我的眼前还晃动着白衣白裙的朝鲜的中年妇女和老大娘的身姿，我的耳边还响着她们的那些热情的话语。的

① "哥马西米达"：谢谢的意思。

确我们战士们的母亲应当骄傲她们有着这样的儿子：她们的儿子在朝鲜战场上培养了这么多、这么深的爱。

阶级弟兄的友爱

离开这个连队的前一天，我感到留恋。吃过晚饭，我们沿着我们部队自己修筑的公路散步，遇到一排长、二排长和三排副。他们和我们一道散步，散步回来，在我们住的那间屋子的过道上，我们六个人围了两张桌子坐着，又谈起这个连队的事情。

“我知道你们‘团结友军’的工作也很有成绩。”一个同志说。

“是啊，”二排长回答说。二排长是革命军人委员会的主任，连队这一方面的成就他知道得最清楚。他接着说：“友军是我们的阶级兄弟啊。战士们都知道，团结就是力量。例如我们头一次调防，友军快来接防的时候，战士们都说我们准备得越好，友军来了困难越少，杀敌的力量就越大。他们打胜仗，也就是我们打胜仗。大家轰轰烈烈地准备着接待友军的工作：搭了三个马棚，两个伙房，打了一万九千多斤柴，七百斤喂牲口的草；还把防空洞普遍加大，重新作好伪装，晒好铺草；怕友军没有家具用，拿炒面箱子来做菜盆饭盆；烧好了炕，铡好了草；还分别成立招待组，招待友军。总之，我们不让友军感到一点困难。表现了革命大家庭的友爱团结。我们每回换防都是这样做。不论完成本身任务、做群众工作、团结友军，我们连队都有光荣的传统。每个战士，不论老战士、新战士，都一样地爱护这个传统。干起工作来，干部跟战士一样地热心。做群众工作、做团结友军的工作，常常是支部作出决议，党员带头干，团员做模范，群众抢着干。而且我们不做哑巴活，不盲目地瞎干，我们始终不忘记及时表扬和及时批评。”他歇了歇，“就拿这回给老大娘打这个井的事情来说吧，一提起要给老大娘打井，好多人都抢先报名。”他说着掉过脸把院子里一个一丈多深的圆坑望了望。这个坑是从昨天起挖的，三个年轻的战士每天清早来挖一个钟头，再挖三、四天就可以把打水机埋好了。这一家只有一个老大娘和她的三十多岁的媳妇和一个还在吃奶的孙儿，那个老大娘总是用感激的眼光望我们的战士。二排长又往下说：“大雨天上山打柴火，大家也是抢着报名。这班年轻小伙子一身都是劲，干起活来总是有说有笑的。”说到这里，二排长的脸上浮现了微笑。他的内心的快乐的笑，引起了我的笑，引起了大家的笑。我们深深感到生活在一个温暖和睦的大家庭中的幸福。

离开通讯连已经三个星期了，可是我的心还时常回到那些人中间，我还清楚地记得那些面貌和那些声音。我时常不由自己地想到那个叫翻妮的小女孩，那个长得很胖的小女孩。我知道在祖国的广大的乡村里，像翻妮那样的小女孩是很多很多的。她们出生在和睦的家庭里面，她们长得胖，很快活。她们没有见过自己的父亲，也不曾得到父亲的抚爱。但她们是最幸福的年轻的一代。她们会在幸福的环境里，慢慢地长大起来，她们有一天会知道在她们还不会讲话走路的时候，她们的父亲在那遥远的邻邦的国土上，怎样地流着血和汗，保卫朝鲜的母亲和孩子，保卫祖国人民的幸福生活。她们会感激她们的父亲，而且会觉得有着这样的父亲是多么幸福的事情。

为了那许许多多的小翻妮，我简单地写下我的一个星期中的见闻。

1952年6月6日。

起雷英雄的故事*

两个多月以前，我在志愿军某部的团部里见到前一天刚从敌人阵地上起起来的“平台雷”。那是一个长方形的东西，撞针和雷管都取下来了，只剩下三个小洞孔。铁路工人出身的副团长把地雷拿在手里，向我解释

* 本篇最初发表于一九五二年九月一日《中学生》九月号。

它的性能。他没有跟我们多谈地雷搬家的故事，因为这在前线已经成了很平常的事情。“这个东西倒很巧妙，拉也会响；踏也会响。可是不管它怎样巧妙，我们的战士总有办法制伏它。”副团长带笑说。他一谈到战士们的功绩，脸上就现出快乐的微笑。我当时曾这样地想过：要是我能够见到一个大破敌人地雷阵的英雄，那是多么地好。

最近我转到另一个部队来。这个部队在起雷这方面有着很显著的成绩，单是起雷的英雄就出了几个。我听过二等功臣杨明凯和廖文亮的生动的报告。但人们谈得最多的，是一等功臣姚显儒同志的英雄事迹。我来到这个部队不到一个星期，就已经熟悉姚显儒同志大破美军地雷阵的故事了。那时他刚离开部队去接受朝鲜政府颁发的二级战士荣誉勋章。我兴奋地等待着跟他见面的机会。

我在他当班长的那个连队里住了五天，也曾跟他班里的七个战士谈过他的事情。那七个从农村出来的新战士，现在都成了起地雷的能手。他们的教师就是他们的姚班长。他们谈到班长，就像谈到一个亲密的朋友，声音里含着爱，脸上带着愉快的笑容。一个四川战士说："班长是个乐观的人，他喜欢笑，从来不发脾气。"另一个四川战士说："班长跟大家团结得很好，他说，年纪大的是他的哥哥，年轻的是他的弟弟。公私分得清楚。干工作时很认真，平时有说有笑。晚上放哨回来，要把大家床铺都看过，怕大家没有盖被子。"一个贵州战士说："我过去在班里很落后，他帮助我进步。"一个山东战士说："班长喜欢别人提意见，喜欢讲战斗故事。"那个跟我同来的文工团的同志告诉我："姚显儒同志今年二十六岁，身体结实。长方脸，亮眼睛，宽肩膀。”在那个连里，每天我都听见有人提到他的名字，讲他的事迹。我觉得我熟悉他就像他是我的一个朋友。

回到师部以后，第二天早晨，我正在政治部里对一个新来的朋友谈姚显儒同志的英雄事迹，坐在旁边的宣教科长插嘴说：“姚显儒同志就在这里，我找他来跟你们谈谈吧。”不等我们答话，他马上就把姚显儒同志找来了。身材不高不矮，长方脸，亮眼睛，宽肩膀，满脸带笑，胸前挂着抗美援朝纪念章，朝鲜的军功章和二级战士荣誉勋章。在我们面前他站得多么稳，全身都充满着力量。

我们几个人同时坐下来。他坐在我的对面。我望着他，不觉想起了他那个班里战士们的谈话。“好，我谈吧，”他对我们笑了笑，就开始谈起来。他在我们中间就像跟一些熟人在一起，他谈得很自然，没有一点拘束，但是朴素、谦虚，就像在谈一些极寻常的事。话讲得快，却又十分清楚，声音里有感情。有时候话触到他的内心，我觉得他的眼睛里闪起了泪光，但是他并没有流泪，连嘴角的微笑也没有收起。

他对我们谈他的过去。他谈到他小时候在甘肃省他家乡地主家里放羊，过旧历年地主家请客，他端酒打碎了杯子，挨了打让人赶出来。过去的痛苦太多了，他不愿意回想它。他参加抗美援朝来到朝鲜以后，朝鲜人民的灾难激动了他的良心。面对着无数的断墙颓壁，他发过誓要替朝鲜人民报仇。但是在他跟着部队突破临津江以后，他还没有参加大的战斗，就让敌人的飞机炸弹炸伤了左脚。他还记得他躺在担架上让人抬着经过一个地方（他说，大概是九化里吧），在一个朝鲜老太太家里休息。老太太做饭给他吃，当他是亲人一样地照料他。那个时候，美国飞机活动比现在厉害，天一明，他就给人抬到山上去了，是一个同志和老太太照料他上山去的。就在这一天，老太太的房子中了炸弹燃起来。他们下山的时候，老太太的最小的女儿，一个十三岁的姑娘，已经烧死在房子里头了。老太太疯狂似地嚷着哭着，直往火里扑，人没法拉住她。“我爬进去，她衣服都烧着了。我拉她出来。她起初还在挣扎，后来她知道是我，知道她一动，我伤口就痛，她便不动，让我抱住她拉出来了。我走的时候，她拉住我的手哭着不肯放，送我走了几里路，她要我养好伤回来的时候一定去看她。那是四月底的事，可是等到我九月里回到部队来，我却没法看到她了。”

说到这里，姚显儒同志停了一下，他那流畅的话语忽然中断了。他埋下眼睛。我望着他，吐了一口气，我想把压在我心上的东西吐出来。这时有一个同志过来说：“姚显儒同志，你休息吧，不要讲了，你昨晚上才发过疟子。”我接着说：“那么以后再谈吧，反正以后还有时间。”“不，我不累，”他抬起头来说，“现在不要紧。我谈，我就谈。”他的感情升高到这个程度，我们没法阻止他。在那诚朴的农民的脸上，我注意到一种使人感动到流泪的表情：深的爱，深的恨，深的感激，深的怀念凝结在一起，给他的朴实的面貌增加了一种搅动人心的光辉。我知道这时候在他的眼前还晃动着那个白衣白裙的朝鲜老太太向他摇手告别的身影。

“听说你在起雷以前，晚上常常睡不着觉，连长还找你谈过话，是吗？”一个同志问道。

“对，”他点点头，嘴角上又现出了微笑。

“以前听说侦察连的同志出去摸地形，踏响了地雷，挂了花，又听说有别连的同志起地雷碰响了，吃了亏。那个时候大家拿地雷没办法，我也为这个事情发急。我想我们就会让这些小小的怪物制住吗？想来想去，晚上总睡不着。”

我早就知道这桩事情。那个文工团的同志对我讲过他晚上睡不着觉，常常起来在外面走，有时间他就去望敌人埋地雷的那座山，研究地形。连长知道他睡不着觉，以为他有什么问题，找他谈过几次话。他虽然没有对连长讲出地雷的事，但连长知道了他的思想情况，也就比较放心了。

“二月十二日那天晚上我们小组出去侦察出击敌人的道路，连长对我说：‘八班长，你要爱兵啊，敌人埋得有地雷。’我说：‘连长，你放心。’我心想，我正要找那个吃人的怪物。”姚显儒同志笑着说，在他的脸上我看到了愉快的表情。“我们晚上出去，等到天亮，敌人也没有来。我跟张振江在一块儿。罗兆财、路世文他们掩护着我们。那天飞着小雪，我在前头走，我首先发现地雷。我知道就是那个东西。它就放在地面上，铁丝拴在撞针上，铁丝很细，跟细线一样，白天也看不大清楚。我轻轻地挨到铁丝，看看那个怪东西，心想：我不惹你，看你拿我怎样！你想吃我，我就躲开你。我躲开它走了两步。心想：不对，我不惹它，别的同志会吃它的亏。我先在这里作个记号，回头再来解决它。我想想这也不对，要解决它就得早解决。我回头叫张振江找绳子来预备拉响它。张振江问我什么事。我说：‘我找到了吃人的怪物，我不让它吃我，我要先惹它。’张振江说：‘班长，你不要拉响地雷，会暴露目标啊！’我想，张振江说得对，不能拉响它，可是总得想办法制伏这个怪物。我们不能够让它吓倒。敌人会安它，我们就会起它。总得有个人来起它。心想：我等了它好久，今天碰到机会，不能白白放过。我睁着两只眼睛望着它，心想：你这样一个怪物，我就对付不了你？我又想：人家刘光子一个人活捉六十三个俘虏，我姚显儒就不能制伏一个地雷？我越看越着急，难道我还怕死，不能为祖国、为人民立功？不能给朝鲜人民报仇？我有了主意，叫张振江站得远远的，小心看着我怎样对付这个怪物。我说：‘要是我牺牲了，你要接受我的经验，另外想办法来解决它。’”他拿起洋磁茶缸喝了一两口水。我看见他额上冒出了好些颗汗珠。我感动地说：“你累啦，休息一忽儿吧。”“不，我不累，”他接下去说，“我用嘴咬断铁丝。我小心地端起地雷，慢慢走回到我们交通沟口放下来。我叫张振江好好看着我，我什么也不想，一心望着面前这个东西。我要惹它，心想：要是碰响了它，我马上把它推下沟里去。我试一下，轻轻地把撞针向右边一转，它动了。我有了信心，接着再转它一下，一共转了三下，就把撞针取下来了。接着把雷管也取下来了。心想：我把你老虎的爪子、牙齿都弄掉了，现在还怕你吗？我高兴地抱起它，我说：‘张振江，你看着，我把吃人的怪物制伏了。’我用力朝地上一扔。什么事也没有。我高兴得说不出话来。当天我就起了十二个平台雷。我还起了三个挂在树上的照明雷。张振江要我教他，他马上就学会了，当天也起了三个雷。以后别的同志也学会了。别的单位的同志也有起了地雷的。我也到别的单位去做过报告。大家都学会了起地雷。我们军里一共起了五万七千多个地雷。[1]我们把敌人的地雷埋在我们阵地前面，有时候还把它埋在敌人阵地上，让敌人自己去碰响它，吃它的亏。”

姚显儒同志用手帕揩掉额上的汗珠，又端起茶缸喝了两口水。他默默地望着我们，好像在说：我知道的我全讲了。这全是很寻常的事情，恐怕不会叫你们满意吧。

我感动地望着他这张带着谦虚表情的长方脸。他的英雄事迹中所表现的非凡的勇敢和智慧吸引了我全部的注意力。坐在他的对面，谁能想到就是这样一个朴实谦虚的人，过去的放羊小孩，破了敌人的地雷阵，战胜了美帝国主义者所夸耀的近代武器的威力呢？谁能想到就是这样一个中国农村里出来

---

① 这一句话是我加的。这是军政宣教科长告诉我的一个准确的数目。（作者）

的战士用生命来表现他的恨，证实他的爱，替朝鲜人民报了仇，为祖国人民立了功呢？我听见人说，他受勋回来，只想马上回到他的班里去。这是很自然的事情。他想回到他的岗位上去，回到他的战士们中间去。作为中国人民志愿军的一分子，他得继续守住他的岗位，他得继续守卫着祖国人民的幸福生活，保卫着朝鲜人民的独立和自由。

“姚显儒同志，”卫生员来叫他去打针。我们也应该让他休息了。他站起来，我握过了他那双温暖的有力的手，望着他的背影在门外消失，我忽然想起，我忘了问他一句话：你现在晚上还会不会睡不好觉？这似乎是一个小问题。可是它常常苦恼着我。我想，在朝鲜问题没有得到公平合理的解决以前，他很可能永远睡不安稳，他很可能整晚想着他能够用什么方法去消灭更多的敌人，取得更大的胜利。

然而我也用不着为他的健康担心，他现在活得很结实，以后会活得更结实。

他最后讲的让敌人碰上自己地雷的话，那是廖文亮同志的事迹。廖文亮同志是另一个师里的起雷英雄。这个年轻的战士一共起了六十七个地雷。有一次他执行了上级给他的任务，把他从敌人阵地上起来的地雷埋在敌人的防空洞里头，第二天晚上他到埋地雷的地点去检查，扛回来一只脚上穿皮鞋的敌人的长毛的大腿。

1952年7月16日朝鲜前线。

生活在英雄们的中间*

我找不出适当的话来说明我的兴奋，来表达我的感情。生活在英雄们的中间，我忘记了自己的软弱，我觉得我渐渐变成坚强，充满勇气和信心。晚上我常常激动得不能睡眠，我老是觉得有无数的人用同一个响亮的

* 本篇最初发表于一九五二年十月一日《人民文学》十月号。

声音叫着：“为了祖国，为了祖国人民的幸福生活，前进啊！”一想到这个英雄的声音，我就没法制止我的感情的波涛。我还记得一个多月以前，我住在前沿阵地的防空洞里面，一天晚上我走出洞子，走到洞前那个坡上。敌人的大炮已经打得少了。淡淡的月光中，我看见远近的起伏的山坡和坡上的灌木。我朝祖国的方向望，望那些我看了几十年的星星。一个我叫不出名字的班长走上坡来跟我谈话。他问我：“还没有睡？”我说：“我出来看看。今晚上倒很静。战士们都睡了吗？”他答道：“早吹过熄灯号，都睡了。战士们活动了一天，也该休息了。他们都睡得很好。”即使我看不见他脸上满意的笑容，单单从他的口气，他的声音，我也知道他爱他的战士。我又说：“你太辛苦了，战士们太辛苦了。”他笑了笑，说：“为了祖国，这算什么？战士们情绪高得很。每个人都愿意为祖国献出他最大的力量。他们都是小伙子，积极，乐观，不叫苦。真教人喜欢他们。”第二天大清早我又站在同样的地方，不过朝另一个方向看，我在看前面从浓雾中露出来的山顶。炮声、枪声、机枪声和手榴弹爆炸声响成了一片，敌人正在进攻我们的那个山头。我走下交通沟，在一个洞口看见昨晚见到的那个班长。他正在跟他的那班“小伙子”讲话。“小伙子”们擦了枪，弄好了伪装，坐下来，分小组谈他们每个人的作战计划，他们带着兴奋的笑容来迎接新的任务。然而在他们出发之前，胜利的消息来了：一个班的战士打退了敌人九次的冲锋，缴获了不少的武器；敌人伤亡四五十，还丢下一具尸首。在接连的三天里面，分守三个山头的三个连的三个班的战士打了三个胜仗：缴获一次比一次多，敌人的伤亡也一次比一次大。“小伙子”在几个钟头里面变成了祖国的英雄。的确是像班长说的那样，我们的战士为祖国献出了他们的最大的力量。

昨天晚上我睡在山沟中一间“土屋子”里面，两个钟头的月夜行车的颠簸并没有叫我感到疲劳。听见敌机在头上飞过的声音，我想起前几天在另一个地方得到击落敌机一架的消息时的兴奋，我更想到一个多月前，在前沿阵地上听说击落两架敌机时的高兴。我们的英雄粉碎了战争贩子夸耀的所谓空中优势，替朝鲜的母亲和孩子们报了仇。我听过在敌机轰炸扫射下对空射击的英雄们的报告，那种英雄气概到现在还使我感动。我走出我的“土屋子”。天空中挂着明亮的星星。四处都是大树的黑影，整个山沟好像是一个花园。敌机的声音渐渐地消失了。夜很静。

凉气透过我的衬衣。可是我的心很暖和，因为我生活在英雄们的中间。

每天每天我都感觉到有一种力量在推动我，有一种感情在激动我，有一种爱在我的心中燃烧。我常常恨自己不是一个歌手，不能用歌声把英雄的事迹传到全世界；我常常恨自己不是一个诗人，不能用诗篇使英雄的事迹活在祖国人民的心中。但是想到跟英雄们在一块儿生活的日子，我就充满了感激，为了我受到的教育，和我得到的锻炼。我的拙劣的笔写不出英雄气概和英雄事迹，我把它们全保存在我的心里，在任何时候我都会记住它们。就是在昨天那样安静的夜里，我站在“土屋子”前面凉气透衣的时候，我还想到那些名字，那些面貌，而且听到那些英雄的声音。

是的，就是在那个时候，我还想到陈三，

那个在五次战役中坚守临津江北岸某山头的“独胆英雄”。三十多岁的北方庄稼人，说话时声音平板，还常常埋着头，一张没有特征的脸上老是带着谦虚的微笑。可是当他在阵地上看见同志们有的挂花、有的牺牲、敌人的枪弹打破他的夹衣，他对副排长说“只要有我陈三在，阵地就丢失不了，你放心吧，给我送点弹药来”的时候，当他打退了敌人的进攻、自己两耳被震聋、听不见炸弹声、衣服给敌机扔下的汽油弹烧着脱不下来、他用手撕掉又继续战斗的时候，他显出了何等的英雄气概！他不仅守住阵地、大量地杀伤敌人，而且更往前进占领了对面的山头。

我还想到郭恩志，特功八连的英雄连长，二十几岁的冀中青年。这个参军八年、负伤五次、不肯复员的人民功臣，讲话有风趣，一张带着坚决表情的脸上有一对闪露智慧光辉的眼睛。谈到过去的痛苦和母亲的时候，他难过得流眼泪。可是谈到战斗的时候，谈到他在阵地上对排长们说“我们共产党的事业是摧不垮、打不烂”的时候，他的两只眼睛特别发亮，他激动得眼皮眉毛往上一耸，额上现出几条皱纹；谈到打垮敌人、敌人狼狈逃窜的时候，他又会骂着“兔崽子”哈哈笑起来。就是这个人，他在阵地上坚守了三天，指挥着战士打退敌人强大兵力的多次进攻，歼灭八百多个敌人，子弹打完，用石头打，最后突围出来，还组织伏击袭击小组穿插到敌人中间，继续杀伤敌人，自己却只有极小的伤亡。他就在这次战斗中第五次负伤，最近才养好伤从后方回来。就是这个人，他跟你在一起可以谈一天谈不完，可以成为你的熟朋友，你觉得他极可亲近，要是没有人讲起，你不会想到他完成了这样惊人的英雄事业。

我还想到特功八连的指导员苏文禄，最近得到朝鲜政府颁发的二级战士荣誉勋章的英雄。朝鲜某郡女性同盟的几位年轻女子，曾怀着崇拜英雄的心要求看一看他的风采。他是一个脸色黑黄的年轻人，不论在言语或相貌上都没有一点惊人的地方。然而这位特功八连的指导员却是一个有全面性的英雄。他在去年年底坚守八八·六高地的战斗中立了特功。他不仅把组织、动员、鼓动的工作做得很好，而且还打得勇敢顽强。他一个人就使用了各种武器打击敌人，在情势最紧急的时候，显出了无比的沉着和非凡的勇气，在短短的两天中间，歼灭了六百三十多个敌人，使郭恩志的英雄连成了保卫开城的钢铁连队。全军的人都知道他的功绩，他自己却不愿在人前多提，提起它，他就要想到他那些在阵地上牺牲的战士，他的亲密的战友。也许正是因为他时时想念英勇的死者，他的脸上才带着一种严肃的表情。

我还想到苏文俊班长的朴实可亲的年轻的脸和略微突起的颧骨。这个放牛孩子出身的安徽战士一辈子没有穿过毛线衣（在庆功会上他第一次得到了一件毛线衣）。从小时候起他就看惯了日本侵略军和国民党匪帮的暴行。他讲起话来，声音非常柔和（可是他谈到过去的痛苦日子，他的眼里也发射出愤怒的光芒），他谈到最近在后方休养，院方叫他“病好后回家生产”的时候，他说：“我不肯，我向医院要求，我无论如何不行。”他说：“我哭罗，”接着孩子似地害羞地微微一笑。他高兴了。他在一个多月前回到部队里来了。坐在他的面前，谁也想不到他是一个惊天动地的钢铁英雄。他在今年一月初坚守洞子山的战斗中负了五次伤不下火线，两天功夫杀伤了一百多敌人，守住了阵地。我应该用更多的文字来说明他的英雄事迹，即使我知道在这方面文字并没有多大的力量。在第一天的战斗中，他的两腿给打了两个洞以后，他还扶着交通沟打手榴弹，指挥战士打退了敌人。第二天敌人再攻，他的右臂给打伤不能动了，他还用左手继续打击敌人。他自己说："耳朵聋了，头也有点昏了。那个同志也牺牲了，剩下我一个人。敌人又上来十几个，我用手榴弹把他们打下去了。我的左臂也打穿了，我不觉得痛，我只觉得发麻。我顺着炮弹坑来回地爬，来回地打。全身是血，两只手尽是血和泥，看不见肉。当时我只有火和恨，心里烧得厉害。"他就这样顽强地坚持着战斗，一个人坚守一面；一个连的敌人又冲上来，他半边身子靠着交通沟，用牙齿咬开手榴弹的盖子，连续投了七十多个手榴弹，打垮了敌人的最后三次冲锋，完成了任务。

我还想到最近回国见到毛主席的副连长王永章。这个印刷学徒出身的打坦克的英雄，有一副聪明的相貌和一对灵活的眼睛。他脸上永远带着笑容，语言十分生动，你跟他在一起很容易感染到他那愉快的心情。有人说他是冀中青年的典型，事实上他是新中国的一个战斗模范。这个爱说爱笑的年轻人在去年五次战役中还是一个排长，他带着他那一排人穿插到敌人的心脏里去，打毁了敌人的七辆坦克、四辆汽车，歼灭了几十个敌人，活捉了五十九个英国俘虏。在立下了这样的大功之后，他回到北京见毛主席，在毛主席面前讲不出一句话，只是握着毛主席的手掉眼泪。他事后对人说，他没有能够更好地完成任务，他觉得他对不起毛主席。英雄的心就是这样纯真，这样谦虚的！

我还想到起雷英雄姚显儒，这个年轻力壮的班长，为了征服敌人的地雷，替挂花的阶级弟兄报仇，许多夜睡不着觉。有一次他带一个小组出去侦察出击的道路和敌人的情况，到了敌人的流动阵地，冒着生命危险，用牙齿咬断地雷的拉线，扭下撞针，取下雷管，把敌人的地雷起出带回自己的阵地。他不仅自己起地雷，还教会同志们起，带动同志们起；不仅把地雷埋在自己阵地上，也埋在敌人的阵地上，用敌人的武器，杀伤敌人。这个十多年前甘肃省的放羊孩子，过去挨过不少地主的打骂，母亲讨过饭。可是今天他大破了美国侵略军的地雷阵，为祖国人民立下了大功。我坐在他的对面，听他用激动的语调说“我又想：人家刘光子一个人活捉六十三个俘虏，我姚显儒就不能制伏一个地雷？我越看越着急，难道我怕死？！”的时候，望着他那张诚实、谦虚的长方脸，我觉得这种崇高的献身精神在搅动我的心，我又感到了革命大家庭中无限的温暖。

我接着就想起姚显儒提到的刘光子，去年五次战役中的一个战斗小组长。我听过歌颂他的英雄事迹的合唱和大鼓，也听到不少次他只手生擒六十三个俘虏的英雄故事。这个平时不会讲话、见着生人就拘束到连饭也吃不饱的绥远省庄稼汉，他会拿一支冲锋枪和一个飞雷跑到半山去追击溃逃的敌人。当他消灭了这批敌人正打算回去的时候，他没有想到石碑后、山下面，还有一大群打乱了的敌人拿枪口对着他，在等着抓他做俘虏。就在他听见嘈杂声转过背来的时候，就在他一个人对付一百人必须在生与死之间选择一条路的时候，他在一刹那间表现了无比的镇定和勇敢，他端起冲锋枪扫射敌人，等到子弹打完，敌人扑上来捉他的时候，他大吼一声，在成群的敌人中间投下那个飞雷，趁着敌人血肉横飞乱成一团的时候，他再装上一梭子弹。他那四方脸、紫红脸膛、宽肩膀、魁梧身材的雄姿和他那吞日月、贯长虹的英雄气概使得那一群脱离了大队的英国皇家军失魂丧胆。除了逃掉一部分外，六十三个敌人全做了他的俘虏。他把他们编好队，一个人押着六十三个俘虏向着那两个在山头掩护他的年轻同志走去。

我又想到在后方医院休养的张渭良，一个被称为“坚强战士”的英雄。这个三十多岁的上海附近的翻身农民，为了保护祖国的母亲和孩子，带着自己的兄弟来到朝鲜。他在执行任务时误踏敌人的地雷，身负重伤。他靠了完好的右膀和右腿，一个人爬行了十天九夜，从敌人的阵地爬回到自己的阵地。他爬过敌人炮火封锁线；他爬过铁丝网；他用牙齿咬断拉线起了三个地雷；他用三根木棍架在小河上把受伤的左腿和左膀放在木棍上，把完好的右腿和右手放在水里，过了一条小河。他的伤口溃烂，脓水外溢，苍蝇叮了他满身，蛆不住地往外爬。他勉强坐起来，用树叶赶开苍蝇，用小树枝挖走蛆虫。十天九夜他没有吃一点东西，只喝过很少的凉水。他不断地晕过去，醒转来又继续往前爬。他忍受雨淋日晒，整个背和屁股、两手两肘都磨出了血，他还是坚持着不断地朝自己阵地的方向爬去。到第十天他终于到了自己的“家”。他看见来接他的副排长，说了第一句话：“我总算回来了。”他的鼻子烂了，脸瘦得不像人样，出气也很微弱。可是他没有哼过一声，脸上始终带笑。这个人，当他准备从敌人的阵地上爬回来、从裤袋里掏毛巾、抽出那根被打断的两寸长的股骨又放回去的时候，当他疲乏地躺在地上看着苍蝇吃他的脓血、蛆在他身上乱爬的时候，当他爬了五六天快爬上了一个山头被敌人发觉用机枪打他、他又滚下山去的时候，当他渴得没有办法嚼草茎取水的时候，他在想着什么呢？他想着他小心地保存在衣袋里的日记本上毛主席的照像么？想着革命大家庭中亲爱的阶级弟兄么？想着他家里年老的母亲和他从前因为没法养活而送掉了的亲生女儿么？他躺在病床上对一个文工团的同志说："我是代表中国人民出来的，我不能给中国人民丢脸。"看，就是这样无比坚强的人！这样无比坚强的心！

我又想到李江海，那个把生命献给革命、献给祖国人民的烈士。我来得太迟了，我没法看见他的英雄的面貌，可是我读到了他在牺牲前写下的遗书。这个河北农民出身的二十四岁的机炮连副连长，在指挥重机枪对敌机作战打落敌机一架之后，和其他十位同志被活埋在一个洞子里面。洞口被敌机炸塌了。他曾经组织大家挖开洞口，可是刚刨开一层土，就碰上大石头，在前头挖的一个战士停止呼吸倒下，他和别的同志也感到死亡的逼近。他知道他们没有生存的希望了，便把大家唤到休息洞里去。他照料大家睡好在炕上，他也睡下来，铺好雨布，盖上大衣，枕着包袱，侧着身子，用手电照着，在一张通报的背面写下他的遗书：

丁连长，曹政指，张副政指：

我们为了祖国人民，就是牺牲了，也是光荣的。我们就是死了，也是为革命，为人民，为父母。这是光荣的。我们请你们给我们报仇，来消灭美国鬼，才是我们的希望。你们对(给)我们报仇！别不多说。祝我们革命胜利！

李江(海)

他来不及写完他的姓名的最后一个字就停止了呼吸。这个人在他感觉到死亡逼近的时候，他没有一点生的留恋或者死的恐怖：他想到的不是他个人的事情，却是祖国人民，却是他的战友，他的同志；他希望的是敌人的灭亡和革命的胜利。他有着这样深厚的爱和这样坚强的信心，所以他能够死得那么从容，所以同志们挖开洞口看见他的遗体的时候，他的脸显得非常安静，就像在睡觉一样。他牺牲已经七十天了，可是现在我默诵他的遗书，用我的心去了解他的心，我好像受到一阵阳光的照耀似的。

我又想到李吉武，那个表现了高度的自我牺牲精神的烈士。那个三十多岁、近视眼、有胡子的忠厚老实人从小就卖到地主家里挨打受苦，他自己说是“旧社会把我打大的”，然而新社会叫他翻身做了一个新人。七十天前他带了一个小组参加保卫开城的一次战斗。小组的同志一死一伤，他一个人打退敌人几次的冲锋。手榴弹打完了，他又顺着交通沟拿了一箱手榴弹，打得只剩了两个，他被五六个敌人包围，他就拿着这两个手榴弹跑下去，跟敌人同归于尽，保住了阵地。后来卫生员看见他靠交通沟口站着，喊他，他不应，走近一看，原来他已牺牲，但是尸首直立不倒。他真像古代传说中的英雄烈士，死了还站在阵地上怒视敌人，守卫阵地。

我的思想不会中断，它一直在进行。还有无数的人，无数的名字……是我想不尽的——抱着为祖国人民争光的决心跳崖的八勇士，用一只手按住自己的打出来的肠子、一只手打机枪的侦察英雄蔡金同以及许许多多活着的和牺牲了的英雄人物。英雄的人物太多了，光荣的名字太多了。英雄们不断地在成长，英雄们不断地在产生。英雄的故事是说不尽、写不完的。

这里好像是美丽的花园，开放着满园的红花。这里好像是秋夜的星空，密布着一天的繁星。星星就像英雄们的眼睛：它们照耀在朝鲜的土地上，也一样照耀在祖国的土地上；它们保护着朝鲜的母亲和孩子，也保护着祖国人民的幸福生活。

我生活在这样勇敢坚强的人们中间，整天接触这样崇高、伟大的心灵，听到响亮的英雄的声音，永远有一种不可抗拒的力量在推动我前进。英雄的声音在任何时候都是很响亮的。这不是一个人的声音，这是从千千万万的英雄的心中发出来的声音：“为了祖国，为了祖国人民的幸福生活，前进啊！”祖国永远在英雄们的想念中。一切都是为了祖国，为了祖国人民的幸福生活。祖国，你是多大的力量啊！英雄们知道应当怎样为着你活着，怎样为着你死亡。英雄们为着你一直不停地在前进，祖国的一切儿女都一直不停地为着你在前进。今天我虽然生活在英雄们的中间，我却没有从祖国带来一支有力的写史诗的笔。但愿朝鲜战场上的英雄的事迹传遍祖国，但愿朝鲜战场上的英雄的声音响遍祖国，让祖国人民响应着这个响亮的声音，用同样的步伐前进吧！

1952年8月7—8日在朝鲜前线。

保卫和平，保卫朝鲜的母亲和孩子*

一种严重的罪行在这个国土上进行了两年，而且一直在继续扩大。朝鲜的每一寸土地都染满了它的爱好和平的人民的鲜血。作为人类的一分子，作为在朝鲜前线的一个中国文学工作者，我认为我有责任向参加亚洲及太平洋

* 本篇于收入《生活在英雄们的中间》前未全文发表过。

区域和平会议的各国代表控诉美帝国主义的暴行：我要求你们和你们所代表的亚洲及太平洋区域的十六亿人民起来制止这种违反人道的大罪，扑灭朝鲜的战火，保护朝鲜的母亲和孩子。我有责任替朝鲜的母亲和孩子讲话，因为我现在还在这个受难的英雄的土地上，跟朝鲜的母亲和孩子生活在一起。我看见了战争破坏的家庭和炸弹毁灭的城市，我看见了朝鲜的母亲和孩子的苦难和斗争。

朝鲜，这个山青水秀的国家，这个优秀的热情的民族。到过朝鲜的人都赞美朝鲜人民勇敢、乐观、刻苦、耐劳。他们能歌，善舞，爱和平，爱生活；喜欢穿颜色鲜明的衣裳，希望过安宁幸福的日子。年轻的母亲背着孩子在田野工作，老年人拿着锄头在挖土筑路。工厂在冒烟，矿山在生产，孩子们在学校里念书。他们从没有损害过美国人的一根头发，也绝不想改变远隔重洋的美国人的生活方式。他们终日终年不休息地埋头生产，用自己的劳动建设祖国，只希望和平给他们带来幸福。朝鲜人民在任何时候都是爱好和平而且需要和平的。

朝鲜人民不仅愿意跟他们的邻人和平相处，他们也愿意跟全世界人民包括美国人民和平相处。可是美帝国主义者毫无理由地侵占了朝鲜的国土，把千万吨的炸弹投在繁荣的城市和平静的乡村，侵略的军队用种种野蛮、残酷的方法屠杀和平的人民。我能够用什么样的话语来说明美国侵略者在朝鲜欠下的一笔血债呢？我能够用什么样的描写来说明那些千人塚万人坑的残酷景象呢？

朝鲜人民的苦难和斗争激动了中国人民的良心，鼓舞了中国人民的斗争的意志。当朝鲜的妇女被凌辱、老弱被残杀、年轻的英雄们用自己的血保卫他们的祖国的时候，中国人民派遣了他们的优秀的儿女组织人民志愿军，跨过鸭绿江和朝鲜人民并肩向前，用他们的血巩固了两个民族的友谊，打退了残暴的敌人，保全了朝鲜的母亲和孩子，打击了侵略者的气焰，迫使他们不得不接受中朝人民提出的和平建议。全世界爱好和平的人民希望在开城板门店的停战谈判中间，美国侵略者能从失败中得到教训，接受中朝人民的公平合理的和平条件，停止对朝鲜的侵略战争。

可是美国侵略者别有用心。他们不愿意和平。他们不仅千方百计地拖延谈判，他们甚至在谈判的期间使用各种阴谋毒计破坏谈判，并且进行灭绝人性的细菌战争，屠杀和扣留中朝的战俘。最近为了宣传他们的所谓“空中优势”，实施他们的所谓“军事压力”，更加紧进行着对朝鲜母亲和孩子的空中屠杀。他们扬言要轰炸七十八个朝鲜的城市，但事实上连僻静的乡村也成了美国飞机攻击的目标。

我找不出适当的语言向你们叙说年轻的母亲抱着孩子伏在地上等待炸弹落下时的心情；我也没有必要用断腿裂肢、血肉横飞的惨象给你们带来痛苦。我读到平壤连续被炸的记载时所经历过的那些痛苦的不眠的夜，你们也许不会了解，因为你们没有看见那里的求生欲望极其强烈、脸上常带笑容的和平、善良、热情的人民。我只向你们叙述两件乡村里的小事：一个夜晚，美国飞机投下的照明弹挂在我的“地屋子”对面的山上，把“地屋子”门前照得像白天一样的时候，一个朝鲜母亲背上背一个孩子，手上牵一个孩子揭开“地屋子”的雨布跑进里面来，连说着：“飞机，真要命。”我应该用什么话去安慰这个朝鲜的母亲呢？另一个黄昏，我到几天前我去过的一个村子里。一个老人正蹲在自己的被烧毁的房屋前面，望着瓦砾堆出神。我跟他讲话，他许久都不做声。他茫然地望着我，眼光里有仇恨，有痛苦，还有别的我一时不能了解的东西。我知道敌机炸毁这房屋的时候，有一个老太太和四个小孩当场死去，还有三个小孩负伤。想到那些爱唱歌爱跳舞的朝鲜孩子，我应该用什么话去安慰这个朝鲜的父亲和丈夫呢？我应该对受苦的、和平的朝鲜人民讲些什么话呢？

你们和你们代表的十六亿人民知道应该对他们讲些什么话。你们有力量安慰受苦的和平的朝鲜人民。因为你们有力量扑灭战火，保卫和平。是的，你们必须制止美帝国主义的侵略战争，制止美国侵略者屠杀朝鲜人民的罪行，保护朝鲜的母亲和孩子。

朝鲜现在是保卫世界文明的最前线，朝

鲜人民英勇地跟中国人民志愿军并肩努力保卫和平。他们坚决地跟美帝国主义者一切罪恶的侵略暴行作斗争，来保卫和平，来保护被伤害的母亲和孩子。保护朝鲜的母亲和孩子也就是保护全亚洲及太平洋区域的母亲和孩子。因为要是人们不在这个受难的土地上打退敌人，扑灭侵略者的气焰，要是人们不在这里粉碎美帝国主义者的阴谋毒计，那么朝鲜的今天也可能是亚洲及太平洋区域许多国家的明天，谁都知道美国飞机一向就轻视地图上的国境线。

我亲眼看见这里的苦难和斗争，我认为我有责任替那些住在地窖里，住在山脚下草棚中，住在简单的防空洞内，住在破旧的茅屋里的朝鲜的母亲和孩子说话，替那些冒着敌人炮火在邻近前线的田地上种稻种菜的朝鲜妇女说话，替那些在敌机威胁下在学校里念书唱歌的儿童说话。朝鲜人民不仅是为着自己的和平与幸福在斗争，他们也是为着全亚洲、全太平洋区域的和平，为着全亚洲、全太平洋区域的人民的幸福。朝鲜的斗争是对全亚洲及太平洋区域的一个警告。现在不是隔岸观火的时候。大家必须起来及时把火扑灭，免得一个地方的火延烧到全个区域。爱好和平的善良的人是不会忘记在苦难中的朝鲜的母亲和孩子的。朝鲜的母亲和孩子关心着在北京召开的这个会议。他们相信你们和你们所代表的善良的人民会团结起来，共同努力，扑灭战火，保卫和平。那么让大家撇开思想、宗教、语言、民族、制度的差异，紧密地团结起来，为着保卫朝鲜的和全亚洲、全太平洋区域的母亲和孩子的幸福生活而奋斗吧！

1952年9月15日

青年战士赵杰仁同志*

从连队回到师政治部的那天晚上，我跟刘主任闲谈连队里的一些事情。话题忽然转到另一个连队上面，我提起那个在敌机轰炸后埋在洞子里过了四十四个钟头的青年团员，他说："明天找他来跟你谈谈吧。"

第二天正午，我在屋子里看书。有人在

* 本篇最初发表于一九五二年十一月一日《人民文学》十一月号。

敲窗门。我走到廊上去看。王科长带了一个年轻的战士来找我。不用介绍我就知道他是什么人。我请他脱了鞋进屋来，在炕上坐下。王科长借来一张小桌放在他跟我的中间，他就伏在这张小桌上，把他的姓名写在我的笔记本的第一页：赵杰仁。字写得端正，用笔也熟练。他也有一册《学习日记》，好几页上面都写满了字。他一定记下了不少的东西。

我坐在他的对面，注意地望着他。他一开口就露出笑容，露出一排白牙齿。他说起话来，我便知道他是广东人，问他，他原来生在新会县。我到过那个地方，可以跟他谈一些那里的事情，谈起来，更容易同他熟习。他讲话的时候，笑容就没有离过他的脸。他的确是一个很有趣的年轻小伙子。我见到他好像见到一个老朋友。他不是没有特点。他有的是一般广东的青年战士的特点。聪明，活泼，乐观。身体也许不算太结实，但是意志非常坚强。这样的年轻人，我在连队里见过不少。我知道他会唱歌，因为我听说他埋在洞子里的时候，唱过《东方红》。我想他一定喜欢跳战士舞，问他，他笑着点点头。

这样随随便便地问着答着，我们很快地就相熟了。他抱着两腿坐在炕上，没有拘束地谈起他的故事来：

“八月八号那天下午四点钟，三架美国飞机在我们阵地上丢了弹。伙房冒烟暴露了目标，给敌机炸中了。我们的洞子离伙房不远，给震塌了。外边那个炕[1]上有四个同志。我

① 我睡过这种“炕”。这种“炕”跟朝鲜的“炕”不同。朝鲜屋子里的“炕”类似日本屋子的“铺席”，不过下面可以生火罢了。这种炕颇像我们过去有过的一种神龛，不过比神龛大，比神龛深。一个小的炕上可以睡两个人，大的可以睡好几个人。炕上铺草袋、雨布或草。夏天里很潮湿，被子铺在炕上，过两天就发潮了。

一个人坐在里边的炕上。我们都给埋在洞子里头。洞口封住了，洞子里头架的木头也掉下来了。可是炕上的土还没有塌下来。如果炕上的土也塌下来，我也就早完了。那个时候我正坐在炕上吃饭，吃了三口饭，洞子就塌了。我的碗也震掉了。腿上脚上都堆了些土，我站不起来。我只能够侧起身子躺在炕上。什么也看不见。我首先觉得冷，便伸手在墙上摸，摸到一件衬衣，取下来穿上，还是觉得冷，又伸手去摸，摸到了衣服，也取下来穿上，觉得好多了。我就安安静静地躺着。我不知道时候的早晚，也不知道过了多久，我忽然觉得肚子饿了，我想找点干粮来吃。我又伸手到墙上去摸，起先摸到一块肥皂，后来又摸到另一个饭袋，里头还有两块饼干。我把饼干吃了。过了一阵我忽然觉得口渴得不得了。没有水喝。后来喝了两口自己的小便，才捱过去了。我静下来，就可以听见外面的声音。同志们挖土的声音也听见了。听见他们挖土的声音我就唱歌。可是他们听不见我的声音。外边的那个炕在八号晚上十二点钟就挖出来了。四个同志都救出来了。我当时听得很清楚。”他歇了歇，拿起茶缸喝了两口水。

“你着急不着急？你怎么知道他们是在十二点钟挖出来的？”我问道。

“那是他们后来告诉我的。我当时并不着急。我知道我的炕离洞口有六七公尺，挖起来很费事。所以他们挖了很久，挖了三天，挖到十号上午十点钟才把我挖出来。他们起先还以为我牺牲了。我一点也不着急。我相信同志们会把我挖出来。我听见挖土的声音就唱歌。听不见声音就睡觉。有的时候我还伸手到处去摸。我后来摸到一个水壶，又把我那个饭碗也摸到了。我拿饭碗敲着水壶。外面听不见这个声音。我唱歌，外面也听不见。可是我并不灰心。到十号上午我听见外面同志们在说：‘听，快刨，还有声音！’我又敲碗，又唱歌。同志们说：‘你放心，我们一定要挖你出来。听见没有？听见了，就敲。’我又敲碗。他们讲话，我就不做声。他们不讲话，我又唱歌。我跟他们讲话，他们还是听不见。最后我听见外面的同志在讲：‘看见腰了。’我很兴奋，就对他们说：‘你们挖得太低了。你们挖高一点。’他们果然就往高处挖。刚挖通一个小眼，我连忙用手去扒，想把眼弄大一点。可是土马上又塌下来，连小眼也看不见了。等到再挖出眼来，我就叫外面的同志递一把锹进来。我自己也从里头挖出去。挖通了。同志们看见我高兴得不得了。他们拿一条被子把我包住，一个同志背起我就跑，把我背到一个洞子里头，找卫生员来给我打了一针。我刚刚看见阳光，呼吸到新鲜空气，觉得头晕眼花。等到打了针以后，我就能够站起来走路了……”

他孩子似地笑了笑，好像他叙述了一件很有趣味的事。我注意地看他的脸。黄色的年轻的脸上浮现出衷心快乐的微笑。我在他的脸上看不到过去的阴影。他的眼光朝我这面射过来。我们两个人的眼光遇在一起了。他的快乐，他的胜利的信心，他的年轻人的勇气传染了给我。我觉得有一股热力传到我身上。我的脸上也现出快乐的笑容。我真要快乐地大笑几声。

“你会唱很多的歌子吧？”我带笑问道。

“会，”他笑着点点头。“那两天我就唱三个歌子，反复地唱三个歌子。我唱《王大妈要和平》，是想到我们是保卫和平的战士，我们有力量打败美国侵略者，保卫世界和平。我唱《东方红》，是想到毛主席领导我们向胜利前进。我唱《歌唱祖国》，是想到祖国人民对我们的支援，想到祖国的伟大，想到祖国的可爱。”

“你当时怎么能够这样镇静？这样从容？”我感动地问道。

他又笑笑，大声回答说：“我当时一点也没有想到我自己。我的心很安静。我想我就是牺牲了，同志们也会给我报仇。”

“对，你想得对，”我点头说；接着我又问他一句：“你们现在还挖不挖工事？”

“还在挖。每天从六点起挖到夜两点。今天早晨三点钟我就从连部出发了。”

“那么你昨天晚上没有睡觉吧？”我惊讶地问。

“我不累，”他笑答道。

“你躺躺吧。现在时间还早，你休息一会儿。”我站起来把一个小背包递给他做枕头，接着又说：“我也躺躺。”

我就先躺下来。他也跟着在我对面躺下了。

“你是哪里的人？”他笑着，像对一个同年纪的朋友讲话似地问道。

“四川人。”

“我们连里四川人也不少。他们都是去年参加抗美援朝来的。年纪都很轻。干起工作来，劲头真不小。”

“你们广东来的战士不也是一样的？你今年不到二十吧？”

“说是二十，其实只有十九岁，”他调皮地笑了笑，“前年年底参加抗美援朝的时候，我只有十七岁，怕人家嫌我年纪小不要我，我多报了一岁。”

“你家里还有什么人？常常通信吗？”

“我家里有一个母亲，一个哥哥，一个兄弟。他们都过得好。我出国的时候寄过一封信。今年一封信也没有寄回去。”

“为什么不写信呢？你没有功夫吗？”我奇怪地问。

“我打定主意要立个功才写信回家，”他严肃地、坚决地说。

我沉默了。

过了一会儿，他忽然霎霎眼睛，带笑地望着我，小声说：“我们今天要打小仗了。”

我已经知道了这件事，便不多问，只顺口说了一句：“你参加吗？”其实这是多余的话。要是他今天有任务，他就不会到这儿来了。

“不是我们连里的任务。我先前在营部才知道。一切都准备好了。我要求参加，上级不答应。不过我想，以后机会还很多。”

"对，以后有的是机会，"我顺着他的口气说。

他笑笑，把两只手伸上来，放在脑后，眼睛望着屋顶那根写着中国字的横梁，好像在思索什么似的。

"你睡吧，睡一会儿起来再谈也好，"我说。

"我不累，"他笑答道。

可是不到两分钟，他就闭上眼睡着了。他睡得很熟，睡得很安静，脸上还带着年轻人的微笑。

傍晚，我们的大炮向着敌人的炮阵地连续发射的时候，我们的爆破组炸毁了敌人的地堡的时候，我们的出击的小部队歼灭了敌人、顺利地占领山头的时候，赵杰仁同志正迈着年轻人的坚定的脚步走回他的连队去。我不知道他走到什么地方才听见我们的炮声。

但是我可以想象到他当时的快乐的心情。胜利的消息在等着他。他不会因为自己没有直接参加这次的战斗感到遗憾。同志们的立功事迹只会加强他的立功的决心，正如他的英雄气概也鼓舞了别的同志的战斗情绪。这次的胜利里的确有他的份儿。他在洞子里唱的歌声一定鼓舞了那些以无比的勇气冲上敌人阵地的战士。连我一个从祖国来的文学工作者也会长久地记住他的歌声，何况那些跟他一块儿生活、一块儿工作、一块儿战斗的战友！他只是我们无数的最可爱的人中间的一个。我早就从他的笑容里看到了今天傍晚的胜利，而且还看到以后的许多更大的胜利。

1952年9月6日在朝鲜开城。

向朝鲜战地的朋友们告别*

离开朝鲜的前一天，我更深切地感觉到这个国土和这里的朋友们牵引我的心。我真想抓住那一秒钟、一分钟、一点钟箭也似地飞去的时间。我真愿意跟那许多我敬爱的朋友再见一次面，再听他们谈一次话，再和他

---

* 本篇最初连续发表于一九五二年十月二十五、二十六、二十七日《北京日报》。发表时题为《向朝鲜战地的朋友告别》。

们相处一刻。我要永远保留着前线生活的记忆，那些兴奋的日子的记忆。明天汽车载着我穿过敌机的封锁线向祖国驶去的时候，朝鲜秋夜的寒气会透过我的棉衣，但是我身边带着朋友们给我的温暖。朋友们的英雄的面貌会给我照亮道路。离开这个战斗的国土，我没有向一些朋友告别，我无法使自己的心安宁。我不能够沉默地离开那些给过我不少帮助的朋友。我即使不能回到他们的身边，我也应该借纸笔来说明我的感激的心情，我更要把这感激带到我的生活中去，带到我的工作中去，让朋友们知道像我这样一个渺小的人也能够用薄弱的力量来报答他们的关怀和鼓舞。

今天是我留在这个美丽的国土上最后的一个完整的日子。窗外是阴暗的天，风吹动松枝，溪水带着单调的声音流过山石中间。

偶尔响起几声清脆的鸟叫。山沟里看不见一个人。这是我在朝鲜的生活中唯一的安静的日子。

没有别的声音，没有别的景象来扰乱我的思想，来拘束我的思想。我的思想自由地奔跑着。它跑过不少的地方，它跑到了我的每一个朋友的身边。我的思想完成了我的心愿。它让我跟我的朋友们一块儿度过这个访问朝鲜的最后的一天，它让我有机会向所有的朋友告别。

纸笔放在我的面前。但是我的笔追不上我的思想。在纸上我只能写出几个朋友的面貌，和几段告别的话。在心里我想的却是我所有的朋友，所有的朝鲜战地上的朋友。

徐申同志：这四个月来我常常想到你，想到你脸上的笑容，想到你的响亮的声音。你谈到去年国庆节你归国观礼在天安门看见的景象，谈到在北京意外地见到母亲的情景，那时你多么地兴奋，你不止一次地哈哈大笑过。但是你听到美国侵略军在巨济岛上虐待中朝战俘的消息的时候，你又是多么地激动：你的眼睛发火，浓眉竖起，好像有毒虫在咬你的头，你不能安静地坐下来，你几次说你要把这个消息传达给同志们，要大家替战友们报仇。跟你在一起我什么时候都感觉到你那颗爱憎分明的心。你谈过你的过去：父亲让地主打成了残废，母亲挨过日本鬼子的刀，你自己几次冒着生命危险跟汉奸斗争。你这个热河省的年轻农民生就了一个坚强的性格。所以你抗美援朝参加志愿军以后，在第一次的战斗里就成了一个英雄。现在你的英雄事迹已经传遍了全军。不少的人知道你在去年铁原阻击战中坚守二三三点二高地的辉煌战绩。在六月一日那天，在同志们打退了美国侵略军骑一师一个营兵力的两次猛攻之后，剩下你一个人在阵地上坚持战斗，除了手榴弹外，你还连续使用三种武器，打垮了敌人的四次冲锋，一个人杀伤了六十几个敌人，守住了阵地。当敌机在阵地上投汽油弹你用土扑灭你左膀上的火的时候，当排长被炸牺牲你流着泪发誓要替他报仇的时候，当你在炮弹连续爆炸的中间从一个炸弹坑爬到另一个炸弹坑去拿回牺牲同志的机枪的时候，当你第一次使用你从未用过的冲锋枪和机枪的时候，你的心情，我想我是了解的。你有一次自己说过："阵地上只剩下我一个人。我只想：只要有我在就有阵地在。"你说得不错。你活着就得完成上级给你的任务，而且为了完成任务你准备献出你的生命。用自己的血来证实你的深切的恨和深厚的爱——你这种英雄气概，不仅教育了我，也一定会教育祖国的人民。到现在我还记得四个多月前的那个傍晚，你沿着田坎朝山上走去，频频地回过头来看我们，我们几次向你挥手。我一直怀着惜别的心情望着你翻过山岗，我真想唤你回来再跟你谈一夜的话！可是想到你的工作，想到你的充满血丝的眼睛，我又不愿意多耗费你的时间。我只希望还有机会跟你再见，而且看见你身体健康。果然在“六·二五”，你去参加朝鲜政府授勋典礼的时候，在九月的功臣代表大会上你作典型报告的时候，你的红红的脸，发光的眼睛和生动的语言全给人一个健康的印象：健康的身体和健康的心灵。这正是朝鲜画家画笔下的英雄，也正是本部队文工团同志们歌唱的功臣。有千万个像你这样的健康的和平战士守卫着朝鲜的前线，祖国的孩子们的幸福生活才有了保障。让秋风把祖国孩子们的欢乐的歌声送到你和你的同志们的耳边吧，这歌声会引起你的衷心快乐的微笑，我知道你喜欢孩子，也许你已经是一个孩子的父亲了。

陈超同志：孩子们的歌声一定会给你唤起不少痛苦的回忆，但也会给你带来温暖。因为你是一个女孩的父亲。旧社会使你跟你的孩子分开。新社会让你给你的孩子带来光荣。过去的痛苦日子不过是一场梦魇。你已经在新社会中为祖国为人民立了功勋。你这个被称为“机智顽强，英勇沉着”的英雄战士，国寺峰阻击战中的独胆英雄，你和五班长守住最前沿的一个突出的山头，你在五班长牺牲以后一个人打退了敌人几次的冲锋，使美国侵略军不能前进一步。你熟悉《三国演义》的故事。你自己讲过你用诸葛亮草船借箭的妙计，把自己的帽子和班长的帽子用树枝支在工事上，本人却躲到一棵大树后面，就在这棵大树后面你用两支冲锋枪轮流向左右两面扫射，打得两路敌人抬不起头来，不知道大树后面就只有你一个人。你打了六个钟头，终于守住了阵地。你这个四川省永川县的庄稼人，当你在去年国庆节站在天安门观礼台上望着迎风招展的五星红旗和受检阅的队伍的时候，当你参加人民政协全国委员会第一届第三次会议看见全体起立通过颁发抗美援朝纪念章的决议的时候，当你和徐申同志在今年“六·二五”接受朝鲜民主主义人民共和国二级战士荣誉勋章的时候，你在想什么呢？你在想过去三十年的受虐待的日子吗？你在想那个在你姐姐家中养着的女儿吗？你在想前沿阵地上防炮洞里的同志们吗？不，我知道，你在想幸福的今天和更幸福的明天；你在想怎样杀更多的敌人，立更大的功勋；你在想为下一代献出你的一切。

我知道你对我们的下一代有着深厚的爱，不仅因为你对我讲过你的女孩的事情，而且我还记得在北京学校里念书的几个小姑娘跟你通信，向你挑战，帮忙你学习文化的故事。你谈起她们的时候，不自觉地流露出父爱般的感情。今天在这静寂的山沟里，我仿佛还听见你的热情的语言，还看见你的紫红的脸膛，好像你就坐在我对面，神采飞扬地对我谈你的战迹和你克服困难学习文化的成绩，我还记得：那天你坐在朝鲜老百姓家的廊上摘下二级战士荣誉勋章给我看，章上现出一个英雄的雕像，像下有一行朝鲜字："为了祖国。"我把这个意思告诉你的时候，你含笑点头说："对，为了祖国。"你接着就谈起你的未来的计划和伟大的抱负。我相信你的计划和抱负都会实现，也祝它们早日实现。到了那个日子，到了你为祖国立下更大功勋的那一天，我要再到你的面前，听你用更热情的语言讲你一生中最美丽的事情。

曹邦国同志：我听你讲过三次你的战斗的故事。可是我一直记住我跟你第一次见面时、冒着小雨走下山去到一个朝鲜老大娘家中坐在廊上谈话的情景。你说你“不会讲话”，你的确是一个不善于讲话的老实人。但是你这个从甘肃农村里来的副排长，去年五次战役中一个三十四岁的班长，你却完成了英雄的事业。你不仅勇敢顽强，打到剩下你一个人的时候，打到头部负伤、右臂负伤的时候，你还坚持战斗，坚守阵地，而且在本排接受任务以后你还在党小组会上提出“战斗打响前全力突击工事；战斗打响后坚决顽强地战斗”。在战斗进行的中间你还跑到前面去观察敌人，建议排长怎样使用火力，打垮敌人的进攻。你们连续打退了敌人五次的猛攻，最后打到弹尽人绝、敌人上来捉俘虏的时候，你还用右臂端着冲锋枪拿左手勾机打死两个敌人，以后又用手榴弹打死另外的两个。你保住了阵地，也保全了自己。每次我看见你那黑红脸上谦虚的笑容，听到你那诚恳的谈话，看到你那些叫人感到亲切的农民的动作，我就会想：这样一个善良的中年人怎么能在铁和火的战斗中间显出叫好几百装备优势的敌人胆寒的英雄气概？怎么能在杀伤两百多个敌人之后，还保住了阵地？我常常想：当你们打垮了敌人的第一次冲锋、把敌人打得“五零四散妈妈老子地叫唤”的时候，当你的头部挂花、你用手巾缠住伤口的时候，当你打得眼睛发红、嚷着“狠狠地打！给牺牲的同志们报仇”的时候，当两个敌人拿着枪对你瞄准、要你缴枪投降的时候，当负重伤的排长跳崖、你突然用冲锋枪打倒那两个敌人的时候，在你那善良的中国农民的心里燃烧着的是什么呢？应该是永不磨灭的深厚的爱和深切的恨吧！祖国人民为了这个会感谢你，朝鲜人民为了这个会感谢你。那一天，我到阵地上去找你，没有见到的时候，我想象着你和同志们背着树枝从高山上走下来的情景，朝鲜的美丽的山岭也因为有着像你这样的打柴人显得更加光彩了。

杜振棠同志：关于你我已经写过几百字，在祖国也有人知道你的英雄事迹。你这个感情深厚的热河省的放羊孩子。你的真挚的微笑和恳切的语言常常牵住我的心。我想着你就想着那整个的连队，想着那个慈母似的郭连长和弟兄似的王指导员，想着亲人一样的全体干部和同志，想着围绕在你们四周的勇敢、勤劳、善良的朝鲜人。我没有实践我的诺言：回到你们中间生活一个时候；但是我永远记住：通过你们的实际行动所表现的中朝友谊。我永远记住：你冲进烈火、冒着敌机轰炸、替朝鲜老大爷抢救衣物、上房拆屋、烧伤右腿的英雄事迹；记住你带病工作、翻山越岭、不吃饭、不休息、守住总机五天三夜、不让电话中断的英雄事迹。朝鲜的战场上有着很多像你这样的电话员，也有着更多的帮助老百姓工作的好战士。但是每当暴雨倾流、夜黑如漆的时候，我就会想到你从连部翻过小山回到总机班的情景。我希望雨不要湿透你的衬衣，我希望沙泥不要使你滑跌。在分别四个多月之后你突然站在我的面前，依旧是紫红色的脸膛，依旧是发光的眼睛，依旧是健康的身体和健康的心。我握着你的手，你想象不到我是多么地高兴。为着你那一句“大家都好”，我应该感谢你。而且为着你给我带口信回去向大家问好，我更应该感谢你。

谭章学同志：我想不到那天会和你再见。可是以后我在会场里找你，想再跟你谈几句话，却始终没有见到你的面颜。我知道你在会场里头，可是在一两分钟的功夫，我怎么能够在那许多人中间找到你呢？你听到一等功臣刘四同志的英雄事迹，你有什么样的感想？他的事迹会给你带来更大的鼓舞，你比别人更了解刘四同志的心情，因为你们同样是英雄的高射炮手，同样是抗美援朝的人民功臣。他的经历也就是你的经历，他的痛苦和欢乐也就是你的痛苦和欢乐。当你听到刘四同志被汽油弹烧伤，阵地被烟火包围，大家努力扑火的时候，当你听到刘四同志在战友牺牲后打落一架敌机替同志们报仇的时候，你一定想到了你自己的英雄事迹，因为我在三个多月前就听见你讲过有一次敌机在你们周围造成一片火海，四炮手牺牲，同志们把火扑灭，继续向敌机发炮；就听见你讲过你们用头三发炮弹打落了一架敌机。现在你们已经成了美国空中强盗的惩罚者，朝鲜和平人民的保护人。“以前是敌机来找高射炮，现在是高射炮去找敌机。”这句话所表现的敌我力量的消长，这句话所表现的英雄气概，也可以用来说明你们为祖国人民立下的功勋。你们谦虚地说，这只是一点小小的功劳，那么让我在祖国等着你们的接连的喜报吧。

李平同志：我们分别不过一个月，可是你的面貌常常出现在我的眼前。功臣榜上没有你的名字，然而称你做“一个最可爱的人”，你应当毫无愧色。跟你在一起生活的半个月中间，我得到不少的益处。在做人和处理事情两方面，我都得向你好好地学习。作为一个副连长，你把战士当作自己亲兄弟一般看待。再没有人比你更爱兵了。要是战士受到一点委屈，你的脸上就露出痛苦的表情。我时常想起我跟你一块儿去看望病号的那几个黄昏，你多么殷勤地照料病人的饮食，关心病人的生活。给我印象更深的是：一个夜晚你花了半点钟以上的时间耐心地说服一个同志，我听完了你那些入情入理的话，跟你一块儿出来，雨丝凉凉地打在你和我的脸上，我想到你头天夜里带病视察工事掉在水坑里，今天一天吃不下饭的事情，当我们分手的时候，我说："副连长，你早点回去休息吧。"听见你的疲劳的应声，我在暗中掉了眼泪。那些被雨冲塌的、被水淹没的洞子摆在你面前，你怎么能够休息呢？你怎么能够想着你自己的疲劳、你自己的感冒的小病呢？我常为你颔下那个时常流脓的小伤口担心，可是你总是带笑地说不要紧。你的亲切的笑容就像冬天的太阳那样给每个人带来温暖，使每个人在你的身边感到快乐。你这个二十六岁的热河省庄稼人，喜欢谦虚地说你没有文化。可是听你谈起话来，你懂的道理比别人懂的多，懂的深。你实在是一个文化水平相当高的人。你为了这个时常感谢你的“先生”，一个负伤休养的指导员，你曾经冒着生命危险把他从前线背下来。他过去念过不少的书报给你听，让你更清楚地认识真理。所以你现在也帮助别人把这真理了解得更透彻，而且你更把这真理贯彻到你的工作中间，你的生活中间。我听见你对一个班长讲起祖国人民的支援怎样使你感动。你对我谈过你有完成上级给你的任何任务的决心。我仿佛看见了在你心中燃烧着的伟大的爱。我相信你的决心。愿祖国人民也知道你的决心，让他们用更大的爱来回答你的爱吧。

我写了一天，还写不完堆积在我心上的那些告别的话。窗外正刮着冷风，寒流突然来了。出发的时间就在眼前，不容我从容构思、从容落笔。而且感情到了最深的地步，也不能用语言文字来表达。……那么，让这些点子代替千言万语向朝鲜战地的朋友们表示我的感激之情吧。

1952年10月10—11日在朝鲜。

后　记

在朝鲜住了七个月，就只写了这么短短的十一篇文章。自然应该写的东西是很多的。至少我还可以写一本小书，而且我也打算写更多的作品。

但是即使写出十倍多、二十倍多的作品，我也写不完这些日子里堆积在我心中的爱，我也表达不出这些日子里激动着我的心的感情。我找不出适当的话来感谢我在朝鲜遇见的每个志愿军的指挥员、战斗员、机关干部、勤杂人员和文工团宣传队的男女同志，我称他们做朝鲜战地的朋友，我愿意把我的第一本朝鲜通讯集献给他们。这本小书的题名是《生活在英雄们的中间》，他们全配得上英雄的称号。

我说过我的拙劣的笔描绘不出他们的英雄气概，我甚至没有能力把我的一些粗浅的体会传达给祖国人民。但是英雄们的深厚的爱、深切的恨和他们的崇高的心灵、英勇的事迹早已飞越过这里的受难的河山而活在祖国人民的心中。这本小书中的文字也许可以给祖国人民唤起一些亲切感人的回忆，那么就请把它们看作从远方带回来的亲人的口信吧。

我对着面前这十一篇旧稿，离别的念头折磨着我。在英雄们的中间生活了两百天，这是多么大的幸福！离开朝鲜战地的朋友就是舍弃这一份幸福。他们真是我的“良师益友”，从他们那里我感染了深厚的爱和深切的恨，更理解了“一人吃苦，万人享福”的伟大抱负。这短短的两百天中间我过的尽是使人兴奋的幸福生活。为了我受到的教育和我得到的锻炼，我永远忘不了我的这些“良师益友”。我的感激会永远在我的心里燃烧。我不需要语言文字来描述我的惜别的心情。跟这本小书一块儿，我愿意献给他们我的心，五万万颗心中间一颗渺小的心。这颗渺小的心虽然不能给英雄们带来鼓舞和安慰，但它究竟是一颗燃烧着爱的心。我把它留在朝鲜，留在英雄们的中间，我愿意告诉我在朝鲜遇见的每一个朋友：

“我爱你们，我爱中国人民志愿军；我也爱朝鲜，爱朝鲜人民！”

这本小书可以给我的话作证。

1952年10月在朝鲜。

附　录

赴朝家书选（一九五二年）*

一九五二年二月十一日

蕴珍：

在车上的确得到了休息。一个月来没有像这样地“好睡”了。这封信是在车上写的，

---

* 选自《巴金全集》第二十三卷。系作者赴朝期间致妻子陈蕴珍（笔名萧珊）的家书。

准备在北京车站投邮。我很好。车上太热，而且是闷热。别的都很好。靳以、黄裳版税收据，还在我口袋里，今早发现，在徐州写了封信给采臣托他转给宗浚，信是在徐州车站交给一位邮局工作人员的，现在应当收到了。车抖得厉害，不写了。

祝

好！

芾甘　十一日

问候妈和大家。

一九五二年二月十二日

珍：

今天发的一信想已收到。那是在车上写好的。车六点五十分到北京车站，文联一位同志来接我，接着家宝也来了。天才刚刚亮。我们坐文联的车子到文联休息了一阵。九点以后见到丁玲，知道了今天没有工作，我便到西城找汝及人去。外面下着大雪。那封信就是在去汝家的途中到邮局寄发的。汝及人准备接我，熬夜到四点钟，火熄了他支持不住也就睡了。我到他家时，他刚起来。及人约我出去吃了饭，在市场买了一件小玩具送给李小林，托及人带去。后来又去演乐胡同，顾先生生病睡在床上，吃中药，因请不到出诊的西医。顾师母和阿越、阿弟都看见了，顾师母还送我一块沱茶。顾先生瘦得很多，他谈起开明事说，最近因中图欠款未付，银行也借不到款，所以很穷，又谈起将来与青年出版社合并，版税要改新办法。旧有的书如何处置，正在计划中。最近因“三反”运动，合并事又延期了。看情形，下半年版税会大减。不过我们好好用总可以勉强够吧。顾先生谈起开明“三反”运动已捉到一个“小老虎”，就是李元章（昆明分店经理），你还记得他吧。

我现在已搬到中央文学研究所宿舍来住。一个人住一间屋子，生得有火炉，相当暖和舒适。从后天起便要听报告，日程已排到廿六日，看情形恐怕要到月底才能够动身。家宝因工作关系不去朝鲜，改下工厂。我还是到朝鲜去。去时也可以得到不少方便，这里朋友对我都很好。你们不必挂念我。

我很想念你们，尤其想念你。每次分别，心里总充满着怀念。无论到什么地方，我总会记着你。你好好念俄文吧。希望我回沪时你已可以做我的“教师”了。这不是说笑话。

家宝的余款暂存银行，不必寄给他了，反正数目不多，他也不需要。

三哥的款我想不必动用了，留着给他修墓或办图书馆吧。九妹的十六万元仍请按月寄。大嫂处和别处都可以不寄了。汝及人改期二十二日到上海。

二十一日以前来信请寄北京后海北官房二十号。这地址也可以告诉采臣。又请打电话（64525）给文联刘北汜，说他嘱办的事，我已当面给文联舒群同志谈好，照办了。别话后谈。

祝

好！

芾甘　二月十二日

问候大家。

一九五二年二月十四日

蕴珍：

前天晚上写的一封信，想已见到。我的

生活习惯跟在上海时不同，现在可以过较有规律的生活了。我前天晚上十点半睡觉，早晨七点钟起床，昨天晚上十一点睡，今天七点钟起来。至少在这个月里面我不会熬夜工作了。日程表已排定。廿六日开欢送会，行期多半在月底。北京相当冷，前天上午下雪，昨天下了一天，现在还在下。我住在一间公寓式的小屋里，生一个火炉，暖得很，昨晚盖两床铺盖，差一点睡不着。昨晚家宝约吃“涮羊肉”，译生不舒服，未出来。我也未见着，译生肚里有小孩了。四舅母见到了。四舅旧历年底又发过一次病，现在身体很差。五表妹考取了人民银行的训练班，受过四个月训，现在等着派工作。大约三百多斤小米一月。四舅母要小棠的照片，请你把小林、小棠的照片寄来。得信后请即寄去。听四舅母讲起陈二舅也因解放前有贪污事情，差一点发生大问题，后来把东西退出来才解决了。这些旧时代的人的确应该完了。昨天在市场买了点小玩意儿托及人兄带上海，另外还有几本书也托他带去。书请放在新文具柜里面。小东西盒子外面写了你的名字的，不妨留着，写明小林、小棠的请分给他们。在这方面我的确有点毛病，看见玩具，又想到两个孩子，没法跟他们见面，买了玩具就仿佛见到他们的笑容似的，这种父亲的心的确可笑，以后当改掉。话太多，一时也说不完。从今天下午起到廿六日，除星期日外，时间都已排完了。虽然空的时间不多，但并不紧张，不要为我的健康耽心。我过得很好。想念你们。

祝

好！

芾甘　五二、二、十四

一九五二年二月十八日

蕴珍：

十五日来信收到。第一信尚未见到。昨天是星期，早晨七点半四舅来看我，我同他一路去他家，到晚上十点半才回宿舍，我一共去过三个地方，除四舅处外还去汝及人家和顾先生处。整天都在汝家，本来想去顾家吃晚饭，结果还是吃过晚饭到顾家去的。来京后到汝家去过五次，他们夫妇对我好，又比较空（别的朋友都忙），又需要谈平明出版社的事，所以常去。我的制服纽扣还是汝太太给我缝好的。今天起事情就多起来了，上下午都开会，没有时间出去，你这封信还是在吃过午饭后和家宝夫妇在我房间里休息时接到的。我们在两点钟就要去文学研究所校本部听报告。现在译生在我床上午睡，家宝伏在书桌上午睡，我本来头靠着墙在打盹，得信后就利用这一段时间给你写这封短信，让你早一天见到我的字（我们去开会时可以在路口投邮）。现在分组大致已定，罗菡子、家宝都去工厂，这是组织上分派的，我到的那天，家宝就劝我下工厂。我想还是去朝鲜好，可以锻炼一下，对自我改造也有帮助。丁玲他们也赞成我去朝鲜。所以决定去了。在朝鲜不一定半年，也许只住一个时期就跟部队回国。但回家总得在半年以后了。不要为这分别难过。半年很快会过去的。我在这里生活很好。没有在十二时以后睡觉（前晚家宝他们请我看京戏，我十二点回来也就睡了）。朋友们对我都很好。北京奇寒，我还是穿上海穿的那身衣服度过了。

昨天顾师母一定要借我一条毛线裤，我始终没有要。不过她还在我皮鞋里加了鞋垫，这的确使脚暖了。到京后，开始在改变生活习惯，茶不喝了，因为很少有滚开水（热水倒是常有的，所以就喝热水）。生活习惯是可以改的。要开会了。不写了。祝

好！

苇甘　二月十八日

一九五二年二月十八日

珍：

开会前发的一信，想已收到。那封信是在匆忙中写的。晚上想去顾先生处取信，因为这里开小组会，没有走得成，现在时间不早，顾家离这里又远，没法去了。我想他明天也许会寄来，我急切地等着看这封信。珍，

的确，我多么想见你，想跟你单独在一起谈四、五个钟头。我知道没有人像你那样地关心我，也没有人像我这样地关心你。在上海时那许多事情分隔了我们，我就很少有时间单独跟你在一起。这次分别我心里最难过，因为分别时间最久，而且对前面的工作我全无把握。我无经验，无工作能力和方法，有的就是热情和决心。不过我总会尽我的力量做去。半年并不是长时间，我想很快就会过去的。但想到出国后恐怕难有时间给你写信，想到你几个月会得不到我的消息时，我真没法安定我的这一颗心。珍，你要忍耐，你要相信未来，万一你几个月得不到我的信，你也不要挂念我，以为我出了什么事。我在国外会当心自己的，朋友们也会照顾我，也许过一两个月就会跟着部队回来。丁玲他们给我安排一切，主张我先到各处看看，然后找个回国部队跟着回来。回国后就可以跟你通信了。不要常常想我。要好好地生活，活得硬一点，努力念俄文。我的确想家，我真不愿意离开“家”，离开你们。我一生一直在跟我自己战斗。我是一个最大的温情主义者，我对什么地方都留恋。我最愿意待在一个地方，可是我却到处跑过了。我最愿意安安稳稳地在上海工作，可是我却放弃一切到朝鲜去。我知道我有着相当深的惰性，所以我努力跟我自己战斗，想使自己成为一个更有用的人。不要责备我离开了你，不要责备我在上海时没有好好陪你玩，跟你多谈话。你想到我现在受着多么深的怀念的折磨，你会原谅我的。我只有想到好好地把工作做完跟你快乐见面的一天。祝福

你

芾甘　五二、二、十八

托及人带来一小盒上面写得“蕴珍”的小玩意，你可以随意处置（送一块给萧荀也成）。两盒玩具小林挑剩了给小棠，小棠现在也玩不了什么好东西。“电话”是旧式的，得把拨号盘当发条转几下，它就会发出铃声。我也想两个孩子。叫小林好好地学钢琴。

问候妈妈和大家。

一九五二年二月二十日

珍：

这大概是我直接寄出的第八封信了。我在这里生活并不算忙（除了一两天整天开会听报告外），不过日子过得很快，一闪眼就是十天了。昨晚在汝龙处写了一封短信，托他带给你，我需要点零用钱，其实也不算急需，我不出街关在房里就可以不花钱了。顾师母十七日晚对我提过，用钱时到他们那里去拿，我觉得拿多了乱花反而不好，所以还是要你给我寄来，你的第一封信昨天转来了。我就料到顾先生会转来的，要是去拿反而拿不着。读你的信就仿佛在你旁边。这一次我特别想念你。昨晚看见及人，想到他今天动身去沪，忽然起了羡慕之感。我不知道什么时候方能够再坐上平沪通车，什么时候才能够跟你再见。

在这里我的生活习惯已开始在改了，烟难得抽了，茶也难得喝了，水比在上海喝得少。早睡早起。本来派定一个小孩给我洗衣服收拾房间，我看见他不大勤快，所以有时自己来洗衣服，还没有给他洗过一次呢。茶叶还有一大包，但滚开的水难得有，所以不泡茶了。我来京后这里除下了两天雪外，天天有太阳，但是风刮得厉害，而且奇冷，在房里很暖和，一上街就感到冷了。

昨天丁玲约去吃中饭，谈了一阵我去部队的问题，她给了一些意见，比较安心了。我们动身的日期还未决定，大概在三月初，所以在二月廿六日以前，你还可以来信。并且通知采臣二月廿五日以前出的书寄给我，还可以收到。

昨天去澡堂洗了个澡，感到一身爽快。今天上午不开会，在宿舍写这信。我想倘使你能在这里多好，我做梦也想到我们围炉坐谈的将来。托及人带去的书请放在文件柜内，我身边还有几本书将来托顾先生寄回。别人寄我的信和书都放在那里。好好地念俄文。我在外面恐怕没有机会念书，将来再念俄文时还希望你给我帮忙，那将是我最大的快乐了。话是说不完的。我还有别的工作，不写了，再见。

祝

好

苇甘　五二、二、二十

问候妈和大家。

请打电话给西禾，我托汝龙带一本法国版法译契诃夫剧集送给他。内有《海鸥》、《三姊妹》两剧，汝龙会找平明工友给他送去。

一九五二年二月二十一日

珍：

昨天收到你的第三信。你讲到萧荀、采臣围炉谈笑，我就仿佛回到了上海似的。那个时候我还在汝龙处闲谈。明天上午他就可以到上海跟你们见面了。他虽然没有到过我住的地方，但是我在北京的情况他也知道一些。明天小林他们就可以得到玩具了。其实玩具并不好，不过表示一点父亲的爱而已。你信上说，小林在你耳边讲的那些话，你把她的形象活画出来了。我好像就看见她站在我的面前一样。看看她这期琴学得怎样。但这是长久的事。得监督她，鼓励她，时时提醒她说：学好了，爸爸更喜欢她。我到京后才发觉忘记带了好些东西，手电的确忘记了，雨帽也忘了。手电的确需要（刘北汜讲不大需要），昨天在座谈会上有人提过。但后来听说对于去部队的人衣服等等都要由公家发。我们自己带的东西并不合适。但究竟怎样，现在还说不定。北京的确冷，礼拜天到了零下（听顾师母讲的，那晚上我到他们家去过）。但我也熬过去了。出国时间确定了，是半年。中间大概不会回来。但我想半年是容易过去的。我估计，返沪期在九月。艾芜今天来了。他们去工厂，所以夫妇同来。家宝去工厂是丁玲的主张，丁玲认为去朝鲜一年半载，写不了剧本。故劝他去工厂。菡子还是去朝鲜，本来也是丁玲要她去工厂的。请告采臣，萧乾刚刚在电话中提

到要向平明支点钱。他会写信给采臣，我知道平明经济困难，我也对萧乾讲过了，不过他需要钱，总得寄点钱给他。别话再谈。祝

好！

芾甘　二月廿一日

一九五二年二月二十三日

蕴珍：

第四信收到。这是我的第十信。今天座谈会开到下午六点，顾先生早打电话来，约我去吃晚饭。结果他们请我出去吃了烤鸭，我说这是陈蕴珍爱吃的，可惜她不能来。五十万元他们也给了我（他们多给了十万，我下次拿去还他们）。明天星期，三点钟前我要去两个地方：四舅和萧乾那儿。三点钟徐成时来找我。后天起恐怕就没有空了。行期也许就在三月

三、四日。但现在衣服等都还没有预备。家宝什么时候下工厂，还说不定，他和我不同，他的领导多，这方面要他这样，那方面要他那样，另一方面又催他写“三反”戏。他也许会到苏联去。译生听报告是丁玲要她来的，她因身体不好，只来过两次，丁玲主张她跟家宝一道去工厂，因为下工厂时间长，并且担任工作，拿薪水，可以带家眷去。艾芜去工厂也是跟太太同去，他太太也在工厂担任工作。到部队就不同了。我们以后完全照军队方式生活，一切服从纪律。衣服也由部队按时发给。女同志除有部队生活经验的以外，是没法去的。

顾先生今天谈到改版税的问题。旧版书仍照契约结算，以后重版的书则照新办法了。大约只有百分之十光景（或者稍微少一点），详细办法要等“五反”结束后才能够确定。我说没有关系，我已经有心理准备了。“开明”因“中图”欠款一部分改作股款，所以最近很穷，这期版税一时恐难结出（大约因“三反”关系，业务已经暂停，未算出来）。我想版税虽减，我们好好生活，当不会有问题。而且我这半年可以不用钱（平明版税不多，仍作购书费）。别的话明天再写。祝

好！

芾甘　二月廿三

我现在去找曹葆华，然后去四舅母处。下午三点才回来，不再写了。我想你的信下午会来的。

一九五二年二月二十五日

珍：

廿三日信收到。想不到及人到上海后过了一天才找你们。在北京我常去找他跟他谈

过不少话。我的确说过：我时常跟自己在斗争，我到处跑来跑去，其实我最不愿离开家。到现在我还是想着家，想着你们。但我觉得我也该好好锻炼一下。把希望放在未来吧。我知道当心自己，我说跟天气斗争，也是因为我熬得住，而且只有坐三轮车出去看朋友的时候，才有手脚冻僵的情形，在屋里的确不冷。不喝茶，因为这里没有滚开水，无法泡茶，到朋友家还是照样喝茶抽烟。自己洗衣服，只是因为屋子里有火，睡觉前把衣服搓干净，搭在椅子上，第二天早晨就完全干了。开会时间久，洗衣服也算是运动，而且我也洗得马虎，不花时间。“开明”款如未送来，不必打电话去催，我看三月中间“开明”也不见得就有钱。要等“三反”运动告一段落后，他们才有办法。

我们好像是在三月四日动身。在东北我

可能还有信给你，出国后恐无法寄信了。你也许五六个月都不会得到我的信。现在计划又有改变，我不会早回国了。明天开欢送会。但衣服等都未准备好。今天电影局艺委会约我们全体去开座谈会，会后吃饭看电影，到十一点才回来。匆匆写了这封信，现在要睡了。动身期近，这等于再别，想到这里我很难过。许多话都写不出来。望你好好保重。祝

好!

芾甘　二月廿五日

信写好未寄发，今早晨来通知说是三月四日出发。日期确定了。那么真要远别了。再见吧。这是第十二信。以后还可以寄出三四封信。

芾　二十六晨

家宝明天动身去苏联，参加果戈理纪念

会。是别的组织把他调走的。

一九五二年二月二十八日

珍：

这是第十二封信。我们昨天参加了欢送会。行期定了，大约在三月三、四号，有人陪我们去。衣服在沈阳领。所以我还得穿着这身衣服去东北，在那边换下来。大概要把箱子留在北京，我除了带着家宝给我的皮包外，还想去买一个布包，据说这样就够了。家宝今早晨动身去苏联，丁玲也去。家宝下工厂的事得延期了，也许他一时走不了。他的事情多，领导方面也多。生活忙乱，一天总是心不在焉的样子。今天廿七日，一个月前今天的情景仿佛还在眼前。时间过得真快，我离开上海也有半个多月了。所以半年的时间也不会太久。你好好地念俄文吧。在你觉得你的俄文进了一大步的时候，我就会回来了。

昨天在文联，舒群（他是副秘书长）问起我走后家里需要不需要什么，我说不需要，他要我把地址写给他，你的名字也写给他了。他们以后如果告诉你什么消息，自然很好。要是寄钱便可以退还。罗菡子也要我把你的名字写给她，说是她的爱人在你那里打听过她的消息（她因事情未决定，没有写信给她爱人）。也好，以后他得什么消息，也会告诉你的。

上面的话是昨天上午和晚上写的。昨天听了两个报告。行期似乎又有变动，也许还要延迟一两天。今天大概要打防鼠疫的针。因为敌人现在在前线投下细菌，我们也得防备一下。铺盖这里买好了，今天可以送来。电筒好像文联也预备了，不过还有一些零碎东西，今天想到市场去买。我带的箱子得留下，我想留在沈阳，这样可以把大衣等放在里面。这两天心很不定，行期逼近了，我的一切都未准备好。这一次好像是大张旗鼓地出国，出去后也许先在城里活动一下，甚至会有大场面，甚至要讲话，这些都是在上海动身前没有想到的。丁玲说这就是锻炼。我看起初一个时期不容易过。

有几句话每次都忘了对你说，我劝你把脾气改一下，不要对人板面孔，也不要对人发脾气。你想想，我现在做的都是我不习惯而且不会做的事，那么你也会把这点小脾气改了。

信写到这里，收到你廿五日的来信。我流了眼泪。我还记得"七重天"的故事。现在我真到战地去了。我会念着你的，想着你们。你们也会给我更大的勇气。

组织上对我照顾很周到，你可以放心。

祝你好。

芾甘　五二、二、廿八

问候妈和大家。

一九五二年二月二十九日

珍：

谢谢你的照片，我又见到了你。萧荀也来了一封信，说小妹想起我就哭。我也有点难过。今天看到她的来信，我也写了一封回信。书一共寄出五包（今早寄了两包），都是挂号的。我们的准备快完成了。昨天我买了一双棉鞋，本来我不买的，后来文联要替我买，幸好那一家店里没有合式的（文联给每人发一双球鞋）。我自己在另一家店里买了。昨天穿上棉鞋，实在热得可以。铺盖已经发下来了。电筒也是文联发的。我昨天买了一个帆布包，也买了点消炎片。总政文化部又派了一个通讯员给我，昨天来了。出发以后他可以照料我的一切。你可以想见组织上对我很照顾。同去十八人，我年纪最大，其次是写《虾球传》的黄谷柳，他比我小四岁，别的人都在四十以下。他们对我都客气。昨晚到顾师母处去过，顾先生上次多给我十万元，昨天顾师母又拿出四十万给我。一共五十万。她说不必要你寄还，反正“开明”要发版税，在版税中扣好了。究竟怎样，下次再告诉你。昨天我本来只收十万，顾师母一定要我多拿点，我也就拿了。我想大概用不完。昨天又谈起将来“开明”改组后许多书都不能再版（里面也有茅盾的和我的。因性质不合）。但《家·春·秋》是没有问题的。“选集”中有四五种拟印普及本，我的一本也在内。

今天还要出去买点东西。明天上午打针，晚上拟再去顾家，后天上午去四舅处（他打电话来约我）。下午去曹葆华处吃晚饭。三日起便没有空了。行期在四五日。在北京还可寄发一两封信。在东北至少可以寄一信。以后就难有机会了。

祝

你好！

苐甘　廿九日

九妹的钱从三月份起，在每月十五日以前寄出。最好由邮局寄，写明长顺街支局取款。

一九五二年三月三日

蕴珍：

刚收到你廿九日下午的信。我们在礼拜六上午打了防疫针：一针鼠疫，一针伤寒霍乱痢疾。那天中午在曹葆华处吃饭，又和他同去国际书店，还在市场吃了点心，六点到顾师母处，在那里吃晚饭，又和顾先生同去看茅盾，到九点半回家。反应来了，晚上发热，睡不好，做怪梦，非常难过。星期天八点半才起来，十一点一刻到四舅处，在那里吃中饭，坐到五点一刻，再去顾家吃晚饭，九点回来，人又不舒服，因为舒群在宿舍等我，又和他们谈话到十点。晚上睡得也不好。但今天早晨起来，除了两只手臂还有微痛外，精神很好，身体也复原了。别的朋友中有的迟了一天一晚才好。我整天在外面跑还算轻的。我们改期六七日动身。因为衣服改在这里领，要在几处地方领齐，一两天办不完手续。这样也好，我可以关在宿舍里做点工作。

平生要的书请你托采臣代办。两三本浅一点的苏联小说，和两本短的新话剧。我已写回信给他说托你代办。梅尘处我也会写信去。

我走以前还要写封信给你。别的话下次再谈。我们要到人民日报社去参加座谈会。

还有几本书如《俄朝字典》等，要是箱子放得下，我就不寄回了。

将来我回到东北一定通知你。或者你看那时情形，跟顾师母联系先到北京来玩几天也行。

祝

好！

芾甘　三月三日

问候妈和大家。

一九五二年三月六日

蕴珍：

我们已经领到衣服和通行证，明天下午便要出发了。我们搭下午五点四十分钟的火车，后天上午十一点光景到沈阳。在沈阳大约还有五天的勾留。有一位前些时候因公回国的志愿军某部的参谋长陪我们同去平壤。出国后的日程和行止，现在还未决定。总之这是一封在北京发的告别信。在沈阳我还有信寄回。

珍，拿着一管新华笔，在明亮的电灯下，对着从抄本上裁下的纸，我不知道写些什么好。你明白我这时的心情。我的确有千言万语，却无法把它们全倾泻在纸上。从明天起我们离得更远了。但这不过是一个开始。在沈阳我照样会寄信给你。然后，我又往前走，在平壤，大约还有信寄出，但是我恐怕抽不出写长信的时间了。到三月下旬那才是我的新生活的开始，也就是我们真正的分别的开始。即使在几个月内我无法跟你通信，你不要为我耽心，我一定会很健康地回来。以后信少，一则因为机会难得；二则，因为到部队以后我得先多跑多看一个时候才能够住下来，就是住下来时，也会有很多的工作。我会在工作中把自己锻炼得坚强，有用。我会吃苦，也会学习。起初一个月的生活大约不容易过，我得咬紧牙齿。但以后就不要紧了。我有决心。而且想到你，想到孩子，想到大家，这会给我增加勇气，我的心里永远有你。在艰苦中，我会叫着你的名字。在任何环境下我要做一个值得你的爱的人。

再见，现在是六日夜十一点半，你应该安睡了。愿你安安稳稳地睡到天明。

祝

好！

芾甘　三月六日

我后来又在顾师母处拿过八十万元。这笔款子仍请你汇给顾先生。我今晚去过顾家，顾师母还要拿钱给我。我没有要，其实，我身边只有两万元了。但我想拿了钱还是会花掉，所以没有拿。反正在东北不出去买东西，也不花什么钱（昨天临时买油布等还在顾先生处拿过钱）。今早又寄上一包书。

一九五二年三月十一日

珍：

在沈阳发的两信，想已收到。我们已在这里住了三晚，因等候北京的那位参谋长来，故此刻还不能决定行期。他原说今天来沈，要是今天赶到，我们可能十三日动身。离沪一月，还在国内，有时想起来，也颇着急，很希望早到工作岗位，可以安心做事。听朋友们讲起，到前方后，偶尔也有寄信回国的机会。希望我能使你们每个月都得到我的消息。防疫针都打过，今天又种了牛痘，只要小心一点，就可以对付美国人的细菌战了。替我问候你父亲，请他不必为我担心，你们更用不着为我担心。美国丢的那些苍蝇、跳蚤在前方不会起什么作用。在这里生活很好，伙食也不错。每天两顿，早晨八点半，下午三点。我们大家都在招待所准备出国讲话的材料，所以开会少。晚上不是出去看戏，就是看电影。昨晚文化部请吃饭，我喝了十多杯黄酒（小杯）和一杯白酒，居然没有大醉。这次出来挂了个组长的名义，在这种场合上不得不敬酒，别人敬酒也不得不喝两杯。这倒是件麻烦事。在平壤恐怕还有些应酬。到了部队生活就简单了。但那时又得担心一件事，怕写不出文章来。因为北京方面还希望我们随时寄稿回去。我离沪时并未想到在前方写稿，所以稿纸一张都未带来。离京前才在市场内买了本稿纸。我估计在沈阳，还可以寄出一封信。那是一封真正的告别信了。再见。祝好！问候大家。

芾甘　三月十一日

一九五二年三月十二日

珍：

这是在沈阳发出的第四封信，还不是告别信，我们可能后天走，那么告别信留着后天或明晚发吧。我很好。昨晚参加军区文工团的招待晚会，看了他们的演出。去年去老根据地，跟文工团的年轻人有过不多的接触，我倒喜欢他们。林景煌在这里，今天来谈了些时候。这里今天刮大风，昨天下雪。我在招待所时候多，少出街，因为这里朋友少，而且我有好些准备工作要做。寄上照片一张，这是出发前在北京宿舍里照的，同照的是部队里来的葛洛同志，他和古元是我们这个组的副组长，许多事情都是他在办。

别的话下次谈。请叫采臣代我买一本《文艺报》第一卷合订本（我缺一卷第一和二期，第九或十一期）。要是合订本有十二期，就买一卷，如果只有六期，那还得买两卷。

写这信是为了寄照片。照片刚送来（就只有这一张，我自己还没有）。我单人照的都坏了，我在这里还照得有，如果没有照坏，将来会寄给你。

祝

好

芾甘　五二、三、十二

问候大家。

一九五二年三月十四日

珍：

这真是出国前的告别信了。我们的行期已定，明天上午九点半钟搭车去安东，傍晚到那里，睡一晚，第二天便渡江出国。

很想念你们，在国外一定更想家。在国外寄信回家还有机会，我一定不放过这样的机会。可是接读你来信的机会就不多了。这次是我们结婚以来时间最长的分别，这么久得不到你们的信息，我会感到寂寞。但我会把自己沉浸在工作里面来驱除寂寞，我会努力工作，当心身体。在前线的生活不会是怎么苦的，细菌战也不可怕，我们已经打过不少针，而且带了好些药去。一切都会顺利地过去，你安心等待着我回国后的第一封信吧。

我预计九月初可以回来，那时可以约你在北京见面。我们多想想那个时候的欢乐吧。再见。祝

你好，祝大家好。

苇甘　五二、三、十四

前天寄给你和小林的照片收到没有？

请你托采臣代我买一部《静静的顿河》和一部《被开垦的处女地》（原本在国际书店买）。

昨天打了针，反应相当大，右膀还在痛，但已比昨天下午好多了。

一九五二年三月十六日

蕴珍：

昨天上午九点半从沈阳出发，下午六点前到安东，住高干招待所，和宋之的同

房，晚饭后正闲谈，突然发了警报，电灯立刻灭了，在黑暗中坐了约三刻钟，刚上床睡觉，警报解除了，敌机似乎未到市空来。招待所在枕江山上，日本式建筑，枕江山风景甚美。今晨七时半起，天气晴朗，满屋都是小鸟叫声。刚刚出去逛山，山顶敌人丢过细菌弹，不能去，看不见绿色的鸭绿江了。车子已准备好，我们决定中午过江。再见。好好保重身体。我在朝鲜境内会常常想念你们。祝

你们好。

金　三月十六日

现在听见我们自己的飞机声了。心里多高兴。又发警报了，再见吧。

一九五二年三月十八日

蕴珍：

到朝鲜已两天，身心都好，请勿念。我的身体在前方不会有问题。生活也过得惯。再见。望你们保重。祝

好

金　三月十八日

一九五二年三月二十三日

蕴珍：

到朝鲜已一个星期，走了两个地方。在洞里也住了三天了。天天上山下山，晚上爬山相当吃力，昨夜大雪，深夜回洞，冒雪上山，弄得浑身大汗。已见到总司令，再过两

天又得往前面走了。住下来开始正式工作，恐怕还要在两个星期以后。

前几天托罗副参谋长代发一信想已收到。我的通信处已有了，现在抄给你，以后我去别处工作，信也可以转到，不过时间上就难说了。想念你们。许多话没有时间写。再见。

祝

你们好。小林乖。我身心都好，请不要挂念。问候母亲和大家。

金　五二、三、廿三

一九五二年三月二十九日

蕴珍：

到朝鲜后，一共发出三封信（内一信是给小林的）。想已收到。我们本来决定昨天去平壤，但前晚我们几个人被细菌战调查团找去看细菌战材料，写抗议宣言，今晚才回到政治部，听说明天又有人去北京，写几个字托他带去，希望早日到你身边。寄上底片一张，我在这里无法印照的。我身心都好，饮食也不坏。昨天又打了斑疹伤寒预防针。昨前两晚住在“地屋子”内，今天又住洞里了，敌机常走这里经过，但对我们并不算威胁。离沪五十日，正式工作尚未开始，有时想起也很着急。但无论如何，我要在九月回国。据我估计正式到部队工作，恐怕还得在半个月后，因为我们去平壤后，还得到前线去参观，现在还是团体活动。到了部队，就分散了。很想念你们。祝

你们好！

金　三月廿九日

问候大家。

一九五二年四月十日

蕴珍：

上次在政治部写好托人带回北京代发的信（里面有一张照相底片），想已收到。

到朝鲜已三星期，在平壤住了五天（招待所叫国际饭店，离平壤较远，我们每天上午去平壤，晚上回来，都是坐大卡车来往的），工作顺利完成，金日成将军也见到了。再过两个钟头，便回大使馆，今晚就出发到前线去。昨晚李德全来了，她和调查团大概明天回国，托她带这封信去，比较稳妥，也比较快。我身体精神都好。昨晚这里开欢送会，我喝了几杯苏联香槟，醉了，不过出来吐了一阵也就好了。

朝鲜这个美丽的国土和勇敢热情的人民

真使人感到依恋。朝鲜妇女勤劳，担任种种繁重工作，但是她们喜欢穿得红红绿绿，喜欢唱歌跳舞。平壤城好房子都炸光了，可是街上还有不少的人。我们穿着棉军服、戴皮帽子到处跑来跑去，朝鲜人早已穿春天的衣服了。他们就在冬天也穿得少。

离沪两月，非常想念你们。拿起笔写信又苦于时间不多。在这里生活非常紧张，每天只睡四、五小时。不过到部队后闲空时间倒比较多。到朝鲜写了两篇短文，一是会见彭德怀将军，一是抗议美帝细菌战的宣言。你一定在报纸上看见了。我没法把底稿寄给你们，这两篇东西都是经过政治部审查后由新华社用电报发出去的。我们在前线先参观一些地方，以后就分散到各个部队里去，我的组长的名义就可以取消，活动也就简单化了。别的话没有时间写，问候你们，祝福你们。

请告诉采臣，我没有功夫给他写信，而且隔得很远，消息不灵，也不好讲什么话，叫他好好地努力工作吧。

祝

好

金　五二、四、十

问候妈和大家。给你和小林的照片收到没有？

一九五二年四月十七日

蕴珍：

我现在开城前线。明后天还要他去，不过一直到八月底我都在这一带地方。所以你来信可以寄在兵团政治部（地址见后）。四月六日在平壤附近国际招待所见到李德全，托她的团里一位张同志带一信回北京寄发，想已收到。除这信外，我另外写过四封信（有一信寄小林，内有照片二张底片一张），不知是否全部收到。我身体很好。前几天写过一篇关于平壤的文章托政治部寄回去，不知什么时候寄到。前天在板门店看见《大公报》的朱启平，想托他寄信，但听说他给《大公报》通信是用电报拍回去的，也就算了。通信比较慢。我那篇会见彭司令员的文章也是新华社用电报发回去的。出国一月余未得你的信，非常想念。不知道我寄的信你能收到否？更不知道你寄来的信转来转去会不会遗失，而且什么时候能转到我的手里。

祝

好！

金　四月十七日

通信处：（八月前寄信）中国人民志愿军二八部队广川部陈主任转巴金。

一九五二年四月三十日

蕴珍：

到前线去住了十天，今天又回到开城来了。听说明天有军邮车去兵团，抽空写这信给你。打电话到兵团去，说是有我的信，我要他们转过来，但也许要四五天才收得到。不知道这是不是你写来的信。我过两天要到另一个地方去，也许要等到从那里回来才会见到信了。到朝一个半月未得你们一点消息，非常想念。我身体很好。前两天患过感冒，现在已经好了。我决定在五六两个月里面到这个兵团的各个部队各个前沿阵地去看看走走，以后在一个营部住一个月，八月初便去平壤，九月半动身回国。你过八月半就不必来信。七月一日以后来信请寄安东海城部转志政王永年部长转巴金。七月一日以前来信仍寄中国人民志愿军二八部队广川部陈主任转巴金。没有事可以少写信，因我未见到你的信以前，始终不能确定，信会不会遗失，我们会不会按时收到国内的信。在朝鲜照了不少的相，可是除了上回寄给你们的几张外，我自己一张也没有见到，如收到也会陆续寄给你们。许多话，却无时间写。再见吧。祝

好。

巴金　四月卅日夜

问候妈和大家。

小林学琴怎么样？有无希望？小棠说话一定大有进步吧。

一九五二年五月十五日

蕴珍：

昨天在一个连部意外地收到你和小林的四月四日的来信，这是我来朝后接到的你们的第一封信。你可以想象到我的高兴。我很好，不算太忙。最忙的时候是在平壤的那几天，一天只睡三四个钟头。在前沿阵地住在防空洞里，天一黑就睡觉了。虽然早晨起得早，但每天至少总睡够八个钟头。入朝后写过四篇文章（一篇宣言不算在内），有两篇发表了，其他的是否会收到还难说。我在给小林的那封信以前寄发过三封信，你都未收到。信都写得短，不过三月三十日寄发的信内有一张照相底片，希望不要遗失才好。想念你们，想说的话很多，总不能安静地写。

细菌战并不可怕，你不要为我的健康担心。我到朝鲜两个月了，在前沿阵地患过感冒，有几天鼻子不舒服，后来也好了。也没有害过别的病。前方比在国内还讲卫生。在这里现在不大谈细菌战了。因为我们已经把它粉碎了。

祝

好！

金　五月十五

问候大家。

一九五二年五月二十日

蕴珍：

在师部发的一封信不知已否收到？我前天又回到开城来写点东西。过几天再去别处。听说今天有人回国，托他带去一信和一张照片。昨天早晨看见兵团的张干事，他说在兵团批转了一封信，但是人到了两天，信还未到。他说那是上海来的信，我想一定是你写的。没法在寄发这封信以前见到你的信了。我很好。在部队里处处受到照顾，生活相当舒适。我感到受之有愧。除了上次在连部防空洞内十多天喝白开水外，天天都有茶喝。处处都送烟来，我不愿意浪费国家财产，这月起索性不抽烟了。在朝鲜前线，部队首长和战士们都注重卫生。到处都有自己修建的澡堂。战士们至少半个月可以洗一次澡。开城一线（在三八线南），天气类似昆明，中午暖和，晚上相当凉快。我大约八月初回兵团，八月二十左右到平壤去。你在八月十日以前来信都可以寄在兵团。请你代买《华沙城》二册寄给我。请采臣寄两本《晤晤》给我。通信处：朝鲜中国人民志愿军二八部广川部转巴金。

祝

好！

金　五月二十日

一九五二年五月二十六日

珍：

前信发出后接连收到你四月十六和五月七日的两封信。后一封信到得相当快。知道你们生活的详细情况，我很高兴。我这次回到开城参加会议，明天可以结束，过一两天又要下连队了。以后还预备到别一个军去。你来信寄二八部广川部转没有问题。我身体好，生活好，你不用替我担心。志愿军部队首长大半都很热情。我前天又到上月去过的那个连的阵地去了一趟，看到上次认识的几个团级干部，非常亲切。现在我也习惯了部队生活了。小妹写给志愿军的信，我今天交给兵团的宣传队的女同志了。她们说要写信给她，我抄了中西的地址。她们如给小妹回信，会寄到中西去。她们或者会问小妹要照片。可以寄小妹的近照去。最好不要寄装出大人神气的相。想念你们。路隔得远，信到得慢。我又少有写信的时间。许多话留到回国见面时候再谈吧。上次托寄的书想已寄出，你寄在志政的信都收到。不过志政转信费时间。直接寄到军里最快，但我不能决定在一个军里住多久，所以还是寄二八部广川部转比较妥当。谢谢你父亲关心我。请你代我问候他。我们已经粉碎了美帝细菌战。

祝

好！

金　五月廿六

问候妈和大家。

请嘱咐采臣，仍代我购俄文书，钱不够你可交一点给他。

一九五二年五月二十九日

蕴珍：

昨天发出一信，也许比这信后到。今天有人回国，请他带去这封短信。收到后，请你寄十张八百元，五张四百元邮票给我，以后托人带信贴邮票比较方便。我今天下午要去另一个部队，在连里住一个星期，还要回开城，住两天再转另一个军去。到那里打算找一个连队住上两个月。八月半再回开城来。这几天在这里开会，相当忙，写篇东西一直没有写好。“平壤”的文章，寄出后一直没有收到消息，那是在兵团发的。另一个同志在兵团也寄出两篇东西，也是没有消息。我们在这里寄稿，为了谨慎（避免泄漏军事秘密），都要先寄给志政看过，由那里转寄出去，所以有时候到得很慢。寄上照片一张，让你们看看我并没有瘦。出国后讲话机会较多，但讲话的技术并无多大进步。祝

好！

金　廿九日

问候大家。

兵团宣传队来这里会演，我把小妹的信交给文工团的女同志了，她们会写信给她，寄到“中西小学”去。

一九五二年六月六日

蕴珍：

我昨天从坦克团回来，仍住在七五部三

中队，不过他们搬了家，我也换了一个住处。我来这里一共四次，住了四个地方。昨天还挂起了蚊帐，安起了床来，这不简单啊。你的第四封信是在团里收到的，跟济生的信同时到我手里。在团里寄信很慢，所以还是回来在七五部写好寄出。

反细菌战的文章前几天碰到发那篇东西的新华社记者，他解释说，当时消息太多，他只好发了一个摘要的电讯，后来把原稿交人带到北京去了。我想一定是他把原稿遗失了。你几次说想看原文，现在我把底稿找到了，今天抄改了一份寄给你，你看过不要丢，替我留着吧，我将来编集子时想把它也收进去。《会见彭司令员》《人民日报》发表的也少了几段，不知是拍电报时删去，还是《人民日报》删的。《志愿军报》四月十一日登出了全文。我已去信要这期的报纸，如收到当转寄你一份。那个通讯员还跟我在一起，人聪明，调皮，能干而工作态度差，除了打铺盖卷、洗衣服外，他无事可做。这一趟他倒长了不少见识。我带来一个热水瓶前一个礼拜让他打破了，手电玻璃他打破了，剪刀他弄丢了，新牙刷也丢了。没有事他就翻我的提包，丢的东西都是放在提包里面，他翻来翻去弄丢的。前天我对他提了些意见，以后或者可以好一点。

这两天相当累，昨天又写完一篇文章。明天可以寄出，先寄到总政审查一下，好一点。“平壤”的文章一定丢了。同时在兵团寄出的还有两个朋友的东西，也是没有收到。我预备在开城住一星期，也想把那篇“平壤”重写出来。以后我要转到七三部，可能在防空洞里住两个月，深入地生活一下，八月半前后回开城来。那个通讯员已经作思想上吃苦的准备了，因为这两三个星期他的生活相当舒适。

别话再谈，祝

好！

金　五二、六、六

问候妈和大家

一九五二年六月十日

蕴珍：

“平壤”已在《人民文学》发表。反细菌战公开信也已在七日寄上。现在把《志愿军》上面的《彭司令员》全文剪下寄上，我就只有这一份，阅后请你保存。将来编个集子，也许要用这一篇。此外还有两篇文章，一、《朝鲜战地的春夜》；二、《一个模范连队》以后你总有机会见到。我在此大约还

要住一个星期，再去前线。我很好。你们好吗？今天听说有人回国，托带这信。祝

好！

金　六月十日

问候大家。

一九五二年六月二十一日

蕴珍：

六日来信收到，我一直很好。开城前线在三八线以南，气候颇似昆明，到现在晚上还可以盖丝棉被，在正午也有点热，但穿件单衣还不会流汗。我这次在一个地方住了两个星期，算是最长的了，大约过一两天就要动身到另一个军去。我回国日期确实决定后会通知你的。目前还不能决定。

三个月过去了，我自省工作成绩差，见

闻虽多，并未深入生活，以后的三个月中得好好生活一下，不然就会完成不了任务。我很想念你们。我想到回上海后的生活和工作，我很兴奋。出国后大家对我都好，我既感且愧。我已经领到抗美援朝纪念章，可是我觉得工作无成绩，受之有愧。上个月还在前线阵地防空洞内拍过电影，我在那阵地住过一个星期。我想你也许有机会看到我在阵地的生活。但我也弄不清那电影是预备怎么用的？照片倒已经送来了。请嘱采臣、济生他们有好书不要忘记替我买下来。祝

好

金　五二、六、廿一

前次托人带回国寄上的发表《会见彭司令员》的《志愿军报》和信收到否？

一九五二年七月五日

珍：

十六日来信今天见到。我最近到前沿阵地防空洞内住了几天。魏巍来，我和他同去，不过他比我先回来转到别处去了。我已换了一个军部，最近要到西海岸去一趟，预备八月初再回开城，九月十日前回兵团，回国日期要到兵团后才能够决定。

离开连队的那天，前面打了一个小胜仗，敌人两百人左右攻一个山头，被我军一个班打退了。敌人伤亡几十，我们伤亡各三人（后来敌人报复，大炸我们前三天去看过的一个较高山上的阵地，被打落两架飞机。轰炸时我们在另一处山头看见）。敌人丢下尸首一具，前晚我军找着那尸首，昨天早上把从死尸身上搜到的信送到团部，还有一本小本《新约》和侦探小说。我回到团部见到了信。一封六月廿二日发出，署名your loving wife（从死者母亲信上知道她名Bett），说她躺在床上写信给他，还说前些天有客人，她把床让出来了，现在她又睡到自己床上，想着他们在一起过的日子，说她寂寞，说天气冷，她希望床上铺十张毡子免得冻死，说她爱他，要永远等他。最后还印一个红唇印，注上our kiss，又写“I love you from every bit of me”。母亲廿四日信上说：今天是你生日，我要做一个蛋糕，你可能听见我们唱你的生日歌，这个时候要是我在你那边或者你能回到家里多好。从这些小儿女的私情和小人物的悲哀里可以看出美军士气的低落，但也使人更憎恨美国那些战争贩子。他们毁了许多平凡人的幸福。

我在前线感冒一次，嗓子哑了一天，现在已好了。今天得罗荪子来信说她还未得家信。她在东线，我们这里是西线。顾均正上月寄来《家》和《秋》的新契约，我已签字寄回。两书各印一千五百部。国煜结婚的确是好消息。我忙，不给她写信了。祝好！

金　五二、七、五

一九五二年七月九日

珍：

前几天托人代寄一信，想已收到，我最近到前线去了一趟，现在回到军里，明天动身到西海岸去，一个月后再回开城前线。我身体好，前两天在前沿防空洞内感冒嗓子哑了一天，现在已痊愈了。请勿念。得萧荀信，知道细菌战全文你见到了。从六月八日到现在未写过东西，这个月内得写一点。最近寄的两篇东西不知道收到没有，也不知道在哪里发表。刚回军里，因只住一天，屋内没有桌子（朝鲜老百姓家），趴在铺上写信，颇吃力。不写了。祝

好！

金　七月九日

问候大家。

广川部文工团女同志回小妹的信寄在永嘉路中西小学（原信五月廿几日给我看过，那时她们来参加会演），小妹收到没有？请代买七一发行的敦煌图案邮票保存起来。

一九五二年七月十七日

蕴珍：

卅日来信收到。我到六三军来以后给你

写过两封信，也得到你的两封信（这封信在内）。你寄给我一张照片，我也寄了一张照片给你。前两天做了一个梦，梦见你和小妹、小弟。小妹还是那个样子。小弟却不认得了。小妹应该早给广川部工作队写回信去，（可以寄一张她近照，因她们上次要过。）现在好些人都知道小妹了，两周前魏巍从广川部来也讲起小妹写信的事。我的行期大约在十月初。因为我还要到几个地方去，要到九月半左右才能够回到广川部，在那里还得做点小工作（他们特别给我修了一间屋子，我一直未去住过），回国前还得办好一些手续，也许还要去志愿军政治部转一下，并且还得把创作组同志（连我在内）回国的路费的问题解决。回国比出国麻烦些，不一定就碰上方便的机会了。按照期限说，我过了九月十六日就可以动身回国。（我们是二月十六日过江入朝的，到九月十六刚是半年。）但是拿工作来说，我的工作恐怕要延到九月廿五日才能结束。我要回到广川部才能够告诉你我回国的日期。顾均正昨天还来过一信，他要我给《中学生》写稿，今天写好一篇寄去。他以前来信寄在志政，转了一个半月才见到。请再寄我八百元邮票十张。朝鲜邮票还没有找到。有些事你想象不到会有多大困难。就譬如在这里找朝鲜邮票。我给朝鲜文艺工作同盟李泰俊写信，四十天还得不到回信，我在朝鲜四个月身上就没有一张朝鲜钞票。我未曾用过一文钱，真可以说到了社会主义社会了。祝

好！

金　七月十七

请告诉瑞珏：《华沙城》五册，《梅传》二册收到了。请她寄一册《我的艺术生活》给我。上次寄济生信似乎也提过这话。只要

寄一册就够了。

这里离开城有两百多里路，白天热，晚上凉。但是我和李蕤同住一屋，是朝鲜老太太家，满屋都是小虫，我说是与小虫和平共处。她一家人住在隔壁，老太太昨天烧炕。（朝鲜人热天也烧炕），把屋里烧得像蒸笼，弄得我失眠，半夜起来吃凉茶拌炒面。晚上防空，不能点灯。写信作文没有桌子，伏在枕上写。我们是在前几天跟部队一道搬来的。不过我们跟首长们一道坐车，没有步行。我后天要到另一个部队去住十多天。

一九五二年八月七日

珍：

四天前在师里收到你十五日来信。昨晚才回到六八部来。今天比较空闲，给你写这封信。我去部队里过了将近三星期的紧张生活，一直没有能抽出时间写信，而且就是写了信寄发也很慢，还不如回到六八部来发信比较稳妥。

那些天里一直受到敌机的威胁，（除了下雨的那几天，七月下半月已进入雨季，可是今年下雨不多。）所以回到六八部来，就住在新盖的防空洞里，虽然潮湿，但比较安全。我现在坐在窗前写信，还有阳光照在窗上。这时外面树上蝉声不绝。这种声音我小时候最爱听，在上海是听不见的。今早晨吃过从祖国运来的西瓜，现在还吃着朝鲜人民慰劳的苹果。你们用不着为我的健康担心。我很好，我很想念你们，特别是在小弟生日的那天。我今年又没有能够看见他那种高兴样子。但是过两个多月我总可以见到你们了，要是没有什么临时的任务和意外的阻拦，我在十月初（甚至九月底），过了国庆就可以动身回家了。我计划着在九月半去兵团，到兵团后会写信给你告诉行期。

我到六八部将近五十天，这次回来要为他们的纪念册写篇文章，写好就动身回七八部去。这五十天中收获颇多，了解了一些人物和事情。对战争有进一步的了解，但还是没有能深入生活，还是写不出东西来，不过一本散文的任务总可完成吧。回七部要作深入的打算，但能否完全照计划实行也有问题。

上次我寄你的《反细菌战公开信》，盼你抄一份把原稿寄回给我。上次济生说要抄，要是他抄了你就不必抄了。我到了兵团，预备把集子编一下。

问候妈和大家。祝

好

金　五二、八、七

一九五二年八月十五日

珍：

昨晚回到开城，今早晨见到你的信。离开这里五十天，生活好，收获多，只是还说不上深入生活，所以只写了两篇文章。最近三十天中，天天受敌机威胁，没有碰上炸弹机枪，也算是粉碎了美国人夸耀的空中优势吧。

回来前住在洞子里写了两天的文章，相当累。北京来电要写篇报告，写好报告大约在十八、九日我就去前面连队里住两三个礼拜，大约在九月十日到十五日去兵团。到兵团后，就可以决定行期了。

去前沿阵地用不着怕飞机，讨厌的倒是敌人的冷炮，但冷炮也容易躲。你用不着为我担心。寄上照片一张，这是四个多月前拍的。现在我也不太瘦。今天这里的科长会见我，说我晒黑了，身体健康了。开城天热，昨天在黄海道还觉得凉快。小棠生日我在西海岸附近，我在廿七日的日记中写着：“明天是小棠的生日，我却远在朝鲜，在河边望对面山景想到家，也想到珍和两个孩子。”给小妹说，广川部女同志的信，要她马上写回信并寄张照片去，我答应别人的。要是她不写，我就不喜欢她了。我留了一个“金日成纪念章”给她，我还有别的东西给她。汗流如注，又要出街去走一趟，不写了。

祝

好

金　五二、八、十五

健吾去北京工作甚好，不知他什么时候动身？见着他时请代问候。请买本“八一”《新观察》，把我的文章剪下来寄给我。我预备回国前把一本集子编好带回北京。

《人民文学》八月号，瓦普查罗夫那首给妻子告别的诗很好，读了很受感动。

一九五二年九月八日

珍：

我今天早晨回到军政来了。三个星期未接到你的信，甚为想念。我身心都好。工作大体搞完了。在这里等着参加庆功会，就回兵团，争取在本月底回到北京。许多话留着见面时畅谈吧。想念你们，不知道这些日子里你们怎样生活。……

收发送来你八日和廿一日寄来的两封信，还有小妹、小弟的照片，知道你们的生活，我多高兴。我九月底可以赶回北京（万一赶不到，中秋节那天也一定赶到）。你得这信后，不必再给我写信了。我不会在朝鲜得到你的回信了。这信后半是在军政的会议室的台阶上写的。你们九月底去北京，我赞成。今天这里有人动身回国，托他在安东把这信投邮。请告诉萧荀，我收到她的信，过两天写信给她。祝

好！

金　九月八日

问候大家。

你们可以早去北京玩。我到京恐怕得忙几天。

萧荀信写了，明后天还要给你写信。

谈我的“散文”*

有些读者写信来，要我告诉他们小说与散文的特点。也有人希望我能够说明散文究竟是什么东西。还有两三位杂志编辑出题目要我谈谈关于散文的一些问题。我没法满足他们的要求，因为我实在讲不出来。前些时

* 本篇最初发表于一九五八年五月《萌芽》第九期，现收《巴金全集》第二十卷。

候有一位远方的读者来信骂我，一定要我讲出来散文与小说的区别。我只好硬着头皮挨骂，因为我实在懂得太少，我不是一部字典或其他辞书。我并非故意在这里说假话，也不是过分谦虚。三十年来我一共出版了二十本散文集。我的第一本散文集《海行杂记》[1]还是在我写第一部小说之前写成的。最近我仍然在写类似散文的东西。怎么我会讲不出“散文”的特点呢？其实说出来，理由也很简单：我写文章，因为有话要说。我向杂志投稿，也从没有一位编辑先考问我一遍，看我是否懂得文学。我说这一段话，并非跑野马，开玩笑。我只想说明一件事情：一个人必须先

① 我后来还写过不少这一类的旅行记。这种平铺直叙、毫无修饰的文章并非足以传世的佳作，但是它们保存了某个时间、某些地方或者某些人中间的一点点真实生活。倘使有人拿它们当“资料”看，也许不会上大当。

有话要说，才想到写文章；一个人要对人说话，他一定想把话说得动听，说得好，让人家相信他。每个人说话都有自己的方法和声调，写出来的文章也不会完全一样。人是活的，所以文章的形式和体裁并不能够限制活人。我写文章的时候，常常没有事先想到我这篇文章应当有什么样的特点，我想的只是我要在文章里说些什么话，而且怎样把那些话说得明白。

我刚才说过我出版了二十本散文集。其实这二十本都是薄薄的小书，而且里面什么文章都有。有特写，有随笔，有游记，有书信，有感想，有回忆，有通讯报道……总之，只要不是诗歌，又没有故事，也不曾写出什么人物，更不是专门发议论讲道理，却又不太枯燥，而且还有一点点感情，像这样的文章我都叫做“散文”。也许会有人认为这样叫法似乎把散文的范围搞得太大了。其实我倒觉得把它缩小了。照欧洲人的说法，除了韵文就是散文，连长篇小说也包括在内。我前不久买到一部德国作家霍普特曼的四卷本《散文集》，里面收的全是长短篇小说。而且拿我个人的经验来说，有时候也不大容易给一篇文章戴上合式的帽子，派定它为“小说”或“散文”。例如我的《短篇小说选集》里面有一篇《废园外》，不过一千二三百字，写作者走过一座废园，想起几天前敌机轰炸昆明，炸死园内一个深闺少女的事情。我刚写完它的时候，我把它当作“散文”。后来我却把它收在《短篇小说选集》里，我还在《序》上说：“拿情调来说，它接近短篇小说了。”但是怎样“接近”，我自己也说不出来。不过我也读过好些篇欧美或日本作家写的这一类没有故事的短篇小说。日本森鸥外的《沉默之塔》(鲁迅译)就比《废园外》更不像小说。但是我们可以在《现代日本小说集》里找到它。我的一位苏联朋友彼得罗夫同志翻译过我好几个短篇，其中也有《废园外》。我去年十一月在莫斯科见到他。他说他特别喜欢《废园外》。这说明也有人承认它是小说了。又如我一九五二年从朝鲜回来写了一篇叫做《坚强战士》的文章。我写的是“真人真事”，可是我把它当作小说发表了。后来《志愿军英雄传》编辑部的一位同志把这篇文章拿去找获得“坚强战士”称号的张渭良同志仔细研究了一番。张渭良同志提了一些意见。我根据他的意见把我那篇文章改得更符合事实。文章后来收在《志愿军英雄传》内，徐迟同志去年编《特写选》又把它选进去了。小说变成了特写。固然称《坚强战士》为“特写”也很适当，但是我如果仍然叫它做“短篇小说”，也不能说是错误。苏联作家波列伏依的好多“特写”就可以称为短篇小说。我过去出版的《短篇小说集》第二集里面有一篇《我的眼泪》，要是把它编进“散文集”，也许更恰当些，因为它更像散文。

我这些话无非说明文章的体裁和形式都是次要的东西，主要的还是内容。有人认为必须先弄清楚了“散文”的特点才可以动笔写“散文”。我就不同意这种说法。我从前在私塾里念书的时候，我的确学过作文。老师出题目要我写文章。我或者想了一天写不出来，或者写出来不大通顺，老师就叫我到他面前告诉我文章应当怎样写，第一段写什么，第二段写什么……最后又怎样结束。我当时并不明白，过了几年倒恍然大悟了。老师是在教我在题目上做文章。说来说去无非在题目的上下前后打转。这就叫做“作文”。那些时候不是我要写文章，是老师要我写，不写或者写不出就要挨骂甚至打手心。当时我的确写过不少这样的文章，里面一半是“什么论”、“什么说”，如《颖考叔纯孝论》、《师说》之类，另一半就是今天所谓的“散文”，例如《郊游》、《儿时回忆》、《读书乐》等等。就拿《读书乐》来谈罢，我那时背诵古书很感痛苦。老实说，即使背得烂熟，我也讲不清楚那些辞句的意义。我怎么写得出《读书乐》呢？但是作文不交卷，我就走不出书房，要是惹得老师不高兴，说不定还要挨几下板子。我只好照老师的意思写，先说人需要读书，又说读书的乐趣，再讲春、夏、秋、冬四时读书之乐。最后来一个短短的结束。我总算把《读书乐》交卷了。老师在文章旁边打了好些个圈，最后又批了八个字："水静沙明，一清到底"。我还记得文章中有"围炉可以御寒，《汉书》可以下酒"的话，这是写冬天读书的乐趣。老师又给我加上两句"不必红袖添香……"等等。其实一个十二三岁的少年，看见酒就害怕，哪里有读《汉书》下酒的雅兴？更不懂得什么叫"红袖添香"了。文章里的句子不是从别处抄来就是引用典故拼凑成的，跟"书"的内容并无多大关系。这真是为作文而作文，越写越糊涂了。不久我无意间得到一卷《说岳传》的残本，看到"何元庆大骂张用"一句，就接着看下去，居然全懂，因为书是用白话写的。我看完这本破书，就到处借《说岳传》全本来看，看到不想吃饭睡觉，这才懂得所谓"读书乐"。但这种情况跟我在《读书乐》中所写的却又是两样了。

我不仅学过怎样写"散文"，而且我从

小就读过不少的“散文”。我刚才还说过老师告诉我文章应当怎样写，从第一段讲到结束。其实这样的事情是很少有的，这是在老师特别高兴、有极大的耐心开导学生的时候。老师平日讲得少，而且讲得简单。他唯一的办法是叫学生多读书，多背书。当时我背得很熟的几部书中间有一部《古文观止》。这是两百多篇散文的选集：从周代到明代，有“传”，有“记”，有“序”，有“书”，有“表”，有“铭”，有“赋”，有“论”，还有“祭文”。里面有一部分我背得出却讲不清楚；有一部分我不但懂而且喜欢，像《桃花源记》、《祭十二郎文》、《赤壁赋》、《报刘一丈书》等等。读多了，读熟了，常常可以顺口背出来，也就能慢慢地体会到它们的好处，也就能慢慢地摸到文章的调子。不用说，这只能说是似懂非懂。然而现在有两百多篇文章储蓄在我的脑子里面了。虽然我对其中的任何一篇都没有好好地研究过，但是这么多的具体的东西至少可以使我明白所谓“文章”究竟是怎么一回事，可以使我明白文章并非神秘不可思议，它也是有条有理，顺着我们的思路连下来的。这就是说，它不是颠三倒四的胡话，不像我们常常念着玩的颠倒诗：“一出门来脚咬狗，捡个狗子打石头……”这样一来，我就觉得写文章比从前容易些了，只要我的确有话说。倘使我连先生出的题目都不懂，或者我实在无话可说，那又当别论。还有一点我不说大家也想得到：我写的那些作文全是坏文章，因为老师爱出大题目，而我又只懂得那么一点点东西，连知识也说不上，哪里还有资格谈古论今！后来弄得老师也没有办法，只好批“清顺”二字敷衍了事。

但是我仍然得感谢我那两位强迫我硬背《古文观止》的私塾老师。这两百多篇“古文”可以说是我真正的启蒙先生。我后来写了二十本散文，跟这个“启蒙先生”很有关系。自然我后来还读过别的文章，可是却没有机会把它们一一背熟，记在心里了。不过读得多，即使记不住，也有好处。我们有很好的“散文”的传统，好的散文岂止两百篇？十倍百倍也不止！

“五四”以后，从鲁迅先生起又接连出现了不少写新的散文的能手，像朱自清先生、叶圣陶先生、夏丏尊先生，我都受过他们的影响。任何一篇好文章都是容易上口的。哪怕你没有时间读熟，凡是能打动人心的地方，就容易让人记住。我并没有想到要记住它们，它们自己会时时到我的脑子里来游历。有时它们还会帮助我联想到别的事情。我常常说，多读别人的文章，自己的脑子就痒了，自己的手也痒了。读作品常常给我启发。譬如我前面提过的那篇日本作家森鸥外的小说《沉默之塔》，我正是读了它才忽然想起写《长生塔》（童话）的。然而《长生塔》跟《沉默之塔》中间的关系就只有一个“塔”字。我一九三四年在日本横滨写这篇童话骂蒋介石，而森鸥外却把他那篇反对文化压迫的“议论”小说当作一九一一年版尼采著作日文译本（《查拉图斯特拉》）的《代序》。我有好些篇散文和小说都是读了别人的文章受到“启发”以后拿起笔写的。我在前面所说的“影响”就是指这个。前辈们的长处我学得很少。例如我读过的韩（愈）、柳（宗元）、欧（欧阳修）、苏（东坡）的古文，或者鲁迅，朱自清、夏丏尊、叶圣陶诸先生的散文，都有一个极显著的特点：文字精炼，不罗嗦，没有多余的字。而我的文章却像一个多嘴的年轻人，一开口就不肯停，一定要把什么都讲出来才痛快。我从前写文章是这样，现在还是如此。其实我自己是喜欢短文章的。我常常想把文章写得短些，更短些。我觉得越短越好，越有力。然而拿起笔我就无法控制自己。可见我还不能驾驭文字；可见我还不知道节制。这是我的毛病。

自然我也写过一些短的东西，像收在一九四一年出版的散文集《龙·虎·狗》里面的一部分散文。其中如《日》、《月》、《星》三篇不过两百多字、三百多字和四百多字，但它们也只是一时的感想而已。这几百字中仍然有多余的字，更谈不到精炼。而且像这样短的散文我也写得不多。

我自己刚才说过，教我写"散文"的"启蒙老师"是中国的作品。但是我并没有学到中国散文的特点，所以可能有人在我的文章中嗅不出多少中国的味道。然而我说句老实话，外国的“散文”不论是essay（散文）或者sketch（随笔），我都读得很少。在成都学英文，念过半本美国作家华盛顿·欧文的《随笔集》，后来隔了好多年才读到英国作家吉星的《四季随笔》和日本作家厨川白村的essay等等，也不过数得出的几本。这些都是长篇大论的东西，而且都是从从容容地在明窗净几的条件下写出来的，对于只要面前有一尺见方的木板就可以执笔的我不会有多大的影响。倘使有人因为我的散文不中不西，一定要找外国的影响，那么我想提醒他：我读过很多欧美的小说和革命家的自传，我从它们那里学到一些遣辞造句的方法。我十几岁的时候没有机会学中文的修辞学，却念过大半本英文修辞学，也学到一点东西，例如散文里不应有押韵的句子，我一直就在注意。有一个时候我的文字欧化得厉害，我翻译过好几本外国书，没有把外国文变成很好的中国话，倒学会了用中国字写外国文。幸好我还有个不断地修改自己文章的习惯，我的文章才会有进步。最近我编辑自己的《文集》，我还在过去的作品中找到好些欧化的句子。我自然要把它们修改或者删去。但是有几个欧化的小说题目（例如《爱的摧残》、《爱的十字架》等）却没法改动，就只好让它们留下来了。我过去做翻译工作多少吃了一点“扣字眼”的亏，有时明知不对，想译得活一点，又害怕有人查对字典来纠正错误，为了偷懒、省事起见，只好完全照外国人遣辞造句的方法使用中国文。在翻译上用惯了，自然会影响写作。这就是我另一个毛病的由来了。

我的两篇关于中国人民志愿军的小说和几篇在朝鲜写的通讯报导被译做英文印成小

书以后，有位英国读者来信说这种热情的文章英国人不喜欢。也有人反映英国读者不习惯第一人称的文章，说是讲“我”讲得太多。这种说法也打中了我的要害。第一，我的文字毫无含蓄，很少一个句子里包含许多意思，让读者茶余饭后仔细思索、慢慢回味。第二，我喜欢用作者讲话的口气写文章，不论是散文或者短篇小说，里面常常有一个“我”字。虽然我还没有学到托尔斯泰代替马写文章，也没有学到契诃夫或夏目漱石代替狗写文章，我的作品中的“我”总是一个人，但是这个“我”并不就是作者自己，小说里面的“我”有时甚至是作者憎恶的人，例如《奴隶的心》里面的“我”。而且我还可以说，所有这些文章里并没有“自我吹嘘”或者“自我扩张”的臭味。我只是通过“我”写别人，写别人的事情。其实第一人称的小说世界上岂止千千万万！每个作家有他自己的嗜好。我喜欢第一人称的文章，因为写起来、读起来都觉得亲切。自然也有人不喜欢这种文章，也有些作家一辈子不让“我”在他的作品中出现。但是我仍然要说，我也并非“生而知之”的，连用“我”的口气写文章也有“老师”。我在这方面的“启蒙老师”是两本小说，而这两本小说偏偏是两位英国小说家写的。这两部书便是狄更斯的《大卫·考柏菲尔》和司蒂文生的《宝岛》。我十几岁学英文的时候念熟了它们，而且《宝岛》这本书还是一个英国教员教我念完的。那个时候我特别喜欢这两本小说。《大卫·考柏菲尔》从“我”的出生写起，写了这个主人公几十年的生活，但是更多地写了那几十年中间英国的社会和各种各样的人。《宝岛》是一部所谓的冒险小说，它从“我”在父亲开的客栈里碰见“船长”讲起，一直讲到主人公经历了种种奇奇怪怪的事情，取得宝藏回来为止，书中有文有武，有“一只脚”，有“独眼”，非常热闹。它们不像有些作品开头就是大段的写景，然后才慢慢地介绍出一两个人，教读者念了十几页还不容易进到书中去。它们却像熟人一样，一开头就把读者带进书中，以后越入越深，教人放不下书。所以它们对十几岁的年轻人会有那样大的影响。我并不是在这里推荐那两部作品，我只是分析我的文章的各种成分，说明我的文章的各种来源。

我在前面刚刚说过我的文章里面的“我”不一定就是作者自己。然而绝大部分散文里面的“我”却全是作者自己，不过这个“我”并不专讲自己的事情。另外一些散文里面的“我”就不是作者自己，写的事情也全是虚构的了。但是我自己有一种看法，那就是我的任何一篇散文里面都有我自己。这个“我”是不出场的，然而他无处不在。这不是说我如何了不起。决不！这只是说明作者在文章里面诚恳地、负责地对读者讲话，讲作者自己要说的话。我并不是拿起笔就可以写出文章；也不是只要编辑同志来信索稿，我的文思马上潮涌而来。我必须有话要说，有感情要吐露，才能够顺利地下笔。我有时给逼得没办法，坐在书桌前苦思半天，写了又涂，涂了又写，终于留不下一句。《死魂灵》的作者果戈理曾经劝人“每天坐在书桌前写两个钟头”。他说，要是写不出来，你就拿起笔不断地写：“我今天什么都写不出来。”但是他在写《死魂灵》的时候，有一次在旅行中，走进一个酒馆，他忽然想写文章，叫人搬来一张小桌子，就坐在角落里，一口气写完了整整一章小说，连座位也没有离开过。

其实我也有过“一挥而就”的时候。譬如我在朝鲜写的《我们会见了彭司令员》就是一口气写成的。虽然后来修改两次，也没有花费太多的时间。我想就这篇散文为例，简单地谈一谈。

这篇文章是一九五二年三月在中国人民志愿军政治部一个半山的坑道里写成的。我们一个创作组一共十七个男女同志，刚到“志政”的时候，分住在朝鲜老百姓的家里，睡到半夜，我们住处的附近忽然落了一个炸弹。所以第二天下午“志政”的甘主任就叫人把我们的行李全搬到半山上的坑道里去了。洞子很长，有电灯，里面还放了小床、小桌，倒有点像火车的车厢。山路相当陡，下雪天爬上山实在不容易。搬到坑道的那天晚上，我去参加了“志政”的欢迎晚会。我在二十日的日记里写着：“十一点半坐宣传部卓部长的小吉普车回宿舍，他陪我在黑暗中上山。通讯员下山来接我。我几乎跌下去，幸而他把我拉住，扶我上去。”一连三夜都是这样。所以我的文章里面有一句“好容易走到宿舍的洞口”。的确是好不容易啊！

二十二日我们见了彭总（大家都是这样地称呼彭德怀司令员）以后，第二天下午我们创作组的全体同志开会讨论了彭总的谈话。在会上大家还讲了自己的印象和感想。同志们鼓励我写一篇“会见记”，我答应了下来。我二十五日的日记里有这样的话：“黄昏前上山回洞。八时后开始写同志们要我写的《彭总会见记》，到十一点半写完初稿。”第二天（二十六日）我又有机会参加志愿军司令部欢迎细菌战调查团的大会，听了彭总一个半钟点的讲话，晚上才回到洞子里。这天的日记中又写着：“根据今天再听彭总讲话的心得重写‘会见记’，十一点写完。”二十七日我把文章交给同志们看过，他们提了一些意见。我又参考他们的意见增加了几句话，便把文章交给新华社了。二十八日彭总看到我的原稿，写了一封短信给我。他这样说：

> “像长者对子弟讲话”一句可否改为“像和睦家庭中亲人谈话似的”？我很希望这样改一下，不知允许否？其次，我是一个很渺小的人，把我写的太大了一些，使我有些害怕！

彭总这个修改的意见提的很对，他更恰当地说出了当时的场面和我们大家的心情。我看见彭总以前，听说他是一个严肃的人，所以刚见到他的时候觉得他是一位长者。后来他坐在我们对面慢慢地谈下去，我们的确有一种跟亲人谈话的感觉。这封信跟他本人一样，谦虚、诚恳、亲切。他把自己看得“很渺小”，这是因为他对自己的要求太严格，太苛刻。一个人的确应当对自己严，对自己要求苛。单是这一点，彭总就值得我们好好地学习了。

彭总的信使我十分感动。我曾经这样地问过自己：我是不是编造了什么来恭维彭总呢？我的回答是：没有。我写这篇短文并不觉得自己在做文章，我不过老老实实而且简简单单地叙述我们会见彭总的情形。就好像那天回到洞里遇见一位朋友，跟他摆了一段“龙门阵”一样。连最后“冒雪上山，埋头看山下”一段也是当时的情景。全篇文章从头到尾，不论事实、谈话、感情都是真的。但是真实比我的文章更生动、更丰富、更激动人心。我们笔太无力了。那一天（二十二日）

我的日记写得很清楚：

我们坐卡车到山下大洞内，在三反办公室等了一刻钟，彭总进来，亲切慈祥有如长者对子弟。第一句话就是“你们都武装起来了”！接着又说：“你们里头有好几个花木兰。”又问：“你们过鸭绿江有什么感想？”我们说：“我们不是跨过鸭绿江，是坐车过来的。”他带笑纠正道：“不，还是跨过的。”彭总谈话深入浅出，深刻、全面。谈话中甘泗淇主任和宋时轮副司令员也进来了。彭总讲了三小时。接着宋、甘两位也讲了话。宋副司令员最后讲到了“欢迎”。彭总接着说：“我虽然没有说欢迎，可是我心里头是欢迎的。”会后彭总留我们吃饭。我和彭总谈了几句话，又和甘主任谈了一阵。三点吃饭，共三桌，有火锅。饭后在洞口休息。洞外大雪，寒风扑面。洞中相当温暖。回到洞内，五点半起放映了《海鹰号遇难记》和《团结起来到明天》两部影片。晚会结束后，坐卓部长车回到宿舍的山下。雪尚未止，满山满地一片白色。我和另一位同志在山下大声叫通讯员拿电筒下来接我们。山上积雪甚厚，胶底鞋很滑，全靠通讯员分段拉我们上山。回洞休息片刻，看表不过九点五十分。……

从这段日记也可以看出来我的文章写的很简单。它只是平铺直叙、朴实无华地讲会见的事情，从我们坐在办公室等候彭总讲起，一直讲到我们回宿舍为止。彭总给我们讲了三个钟头的话，我没法把它们全记录在文章里面，我只能引用了几段重要的。那几段他后来在欢迎会上的讲话中又重说了一遍。我听得更注意，自然我也记得更清楚。第二天听他讲话，印象更深。所以我回到宿舍就把头天写好的初稿拿出来修改和补充。我没有写吃饭的情形，饭桌上没有酒，大家吃得很快，谈话也不多。我把晚会省略了，晚会并无其他的节目，我只有在电影放完后离开会场时，才再见到彭总，跟他握手告别。在我的原稿上最后一段的开头并不是“晚上”两个字，却是“晚会结束后”一句话，在前一段的末尾还有表示省略的虚点。我想就这样简单地告诉读者，我们还参加了晚会。我的文章最初在《志愿军》报上发表，后来才由新华社用电讯发到国内。可能是新华社在发电讯稿的时候作了一些必要的删节：虚点取消，“晚会结束后”也改为“晚上”，“花木兰”，“跨过鸭绿江”，连彭总戒烟的小故事也都删去了。在第九段上，“我忘记了时间的早晚”下面，还删去了“我忘记了洞外的雪，忘记了洞内的阴暗的甬道，忘记了汽车上的颠簸，忘记了回去时的滑脚的山路。我甚至忘记了我们在国内听到的志愿军过去作战的艰苦”这些句子。这些都是我刚走进办公室的时候想到的，后来我的确把这一切全忘记了。但是新华社的删改也很有道理，至少文章显得“精炼”些。

我拉拉杂杂地讲了这许多，也到了结束的时候了。我不想有系统地仔细分析我的全部散文。我没有理由让它们耗费读者的宝贵时间。在这里我不过讲了我的一些缺点和我所走过的弯路。倘使它们能给今天的年轻读者一点点鼓舞和启发，我就十分满足了。我愿意看到数不尽的年轻作者用他们有力的笔写出反映今天伟大的现实的散文，我愿意读到数不尽的健康的、充满朝气的、不断地鼓舞读者前进的文章！

1958年4月。

作家靠读者养活*

——关于传记及某些文艺现象与徐开垒的谈话

徐开垒：巴老，传记（指《巴金传》）我已写完了上半部，《小说界》双月刊连载也已有一年，不知您是不是每期都看？这样写，行吗？想再听听您的意见。

巴金：我是个病人，没有精力按期翻看传记，也没有时间和你常交谈，很抱歉。书

* 本篇发表于一九八九年一月《文汇月刊》第一期。

中个别情节与事实有些出入，以后最好修改一下。如有关成都老家三叔的记述，有些描写过头。文章中说，“在大家庭中，三叔则串通五叔或黄姨太，制造各种事端，使人感到不安。”其实，三叔不过是脾气不好，起初与我们兄弟相处得也还是不错的。我记得一到冬天，我和三哥还有濮家表哥常常到他的房里，围着火炉喝茶谈天，有时还看他写字吟诗。他与二叔都是日本留学生。二叔教过我读《春秋》、《左传》，未曾教过我日文。三叔在二叔的律师事务所工作过，事务所里还有一个姓郑的书记（秘书），吃过晚饭后我常去找郑下象棋，有时也和三叔下。郑是江津人，有一回郑请假回家，三叔写了一首诗跟我开玩笑：“跃马人何在，争车愿又乖，电灯光如雪，唯有四公来。”当时家人叫我“四公爷”。至于后来认识的三哥的朋友施居甫，和我们一起办《平民之声》，那是事实；但在此之前，与我一起参加过活动的，只有袁诗尧、吴先忧等人，并不曾有他，他年纪比我大。

徐：一九二三年五月，您从成都初次到上海，经过情况我在传记中写了一些，也可能有些道听途说的东西，您能够讲讲当时的情形吗？

巴：我和我三哥李尧林一起从成都到上海来，主要是李尧林先有这个主意。当时他比我有办法，他早就有离家读书的打算。我当时还不曾想到过要离开成都去读高中和大学。是他先向我提出两个人同去，我们商量定了，才由他向大哥和继母提出要求。我们从成都出发，先乘木船到宜宾，然后经泸州到重庆，再换长江上的大轮船，经过宜昌、汉口，到达上海的十六铺码头。到了上海，旅馆的接客人上船来拉生意，给我们雇了马车（不是人力车）。哪知路上马车与一辆人力车相撞，触犯了交通规章，巡捕把车夫和乘客连同马车一起拉到四马路（福州路）的巡捕房里，罚了一元六毛钱。当晚，我们兄弟俩就住在“神仙世界”[1]对面的一家小旅馆里。第二天，我们才在《新申报》社找到了那个叫李玉书的亲戚。他是浙江嘉兴人，曾到四川成都去过，二叔、大哥和他熟悉，在我们临行时给我们安排去看他。他见到我们后，便把我们介绍到与《新申报》社相近的申江旅馆住宿。后来我们又跟着他去过嘉兴，在一个年逾八十的伯叔父家中住了几天，因为嘉兴是我们李姓家族世居之地，这里有我们许多远房亲族。回沪后，我们去见二叔的在

① “神仙世界”：当时的一家娱乐场名。

海关工作的姓丁的朋友，他介绍我们住到武昌路一个叫“景林堂谈道宿舍”的学生宿舍里，与许多学生住在一起，准备过了暑假考学校。后来我们考进南洋中学，三哥尧林读三年级，我读二年级。当时我们都准备读理工科，打算重头学起。

徐：您在离开成都之前，曾在一九二二年郑振铎编的《时事新报》附刊《文学旬刊》上发表过十二首短诗，这些作品可不可以称作是你在文学创作上的“处女作”？

巴：我不这样看。当时我们大家庭里的几个兄弟，读了“五四”以后的一些作品，受了一点影响。其中冰心等人写的诗如《繁星》等，我们都很喜欢，我就跟着也写了一些。还不止我一个人，堂弟李西舲也写。我后来还写过几篇东西，不成功，没有能发表，也就不写了。小说《灭亡》才是我的处女作，这些小诗原来我早丢失了，近年来由研究者从旧报刊找了出来，我才记起来了。

徐：上次我还问过你母亲的原籍……

巴：我这个人很奇怪。我竟从来不曾想到过我母亲是哪里人。接到你的信，我问了我的两个妹妹，才知道母亲是浙江人。但她们也说不清浙江哪个县。过去我连自己的生日也记不住，还是萧珊帮我查清的。至于我的出生时间，大概在午晌以后。

徐：研究作家的生平，看他们创作进程的顺逆与时代脉搏的起伏，是很有意思的。这里既可以看到作家的崛起与成熟，也可以看到作家的挫折与衰退，以及重振与复苏；同时更不难由此窥测时代风云的变幻。当然，从这里还可以看到作家之间既有相似的境遇，又有个性、才能、素质的差异。研究您的写作史，首先使我惊奇的是您一开始就出现的犹如排山倒海似的创作流量。显然，那是“五四”时期的思想解放运动，为人们带来了自由创作的环境；但是您的写作才能，从文学基础上来讲，究竟是从哪里来的？

巴：说实在，我并没有才能。我写小说，主要是小说看得多。童年时代我读了不少中国旧小说，少年时代还读了很多从欧美翻译的小说，包括商务印书馆出版的一套丛书（《说部丛书》），后来又读英文版的外国小说。但我读小说，不过是为了消遣。当然，鲁迅的短篇集《呐喊》和《彷徨》以及他翻译的好些短篇，都可以说是我的启蒙先生。我的外国老师是狄更斯、屠格涅夫、高尔基、罗曼罗兰、卢梭、雨果、左拉……

徐：您在古典文学上的造诣，无疑也是您驾驭文字的基础。

巴：我看的书比较杂，缺乏鲁迅、茅盾

那样有系统的修养。至于古书，也无非四书五经，《古文观止》之类，都是私塾时代的必读书。我确实在那时背熟了几本书，不但背熟，而且背得烂熟。这也许在写作上也有点帮助。后来主要还是看小说。此外，在信仰无政府主义时，也通过翻译《伦理学》，读了一些有关政治、经济方面的书。我喜欢读革命家的传记及回忆录。

徐：巴老，我们对无政府主义问题是否可以这样看法：它比共产主义更早传入中国，由于它反对权力和权威，主张个人绝对自由，所以当时一些在旧中国对封建主义、帝国主义统治感到不满的青年，都欢迎它，许多人受过它的影响。但无政府主义既无严密组织，又无明确教义，各人对它的理解常不相同，中国的无政府主义与欧洲的无政府主义也不完全一样，而中国的无政府主义更是各人有各人的认识。我觉得你在青年时代对无政府主义的了解也仅仅从克鲁泡特金的一本小册子开始，没有经过系统的学习。所以你那时虽自称无政府主义者，却从没有宣扬过无政府主义最根本性的实质问题，这就是厌弃工业化，向往手工业劳动时代，甚至要求回到农村自然中去。您所受到的家庭教育和学校教育，以及所读的书，给您更多的是人道主义、民主主义和爱国主义，所以从您的作品中反映出来，即使早期，也还是这方面的思想感情多。不知我这样理解，是否正确？

巴：这也很难说。思想随着现实的考验，总有变化，发展。我的思想不但几十年来在不断变化，即使最近十年来，在我写《随想录》开始时，对有些问题的看法，到目前也有所不同了。所以，我总劝别人读《随想录》，最好能作为整体来看。我对自己的思想，一时也难用几句话来说清楚。我为自己思想做总结，也只能根据自己的认识，一点一滴来做。做一点，是一点。我总希望能把思想挖得深一些，看得深一些。比如我对国家的认识，就有错误、有改正、有发展、有变化，也有进步。我希望能把我们的社会建设好。但到现在，我对有些问题的看法是否成熟，是否已完全正确，那也难说。对无政府主义我信仰过，但在认识过程中，一接触实际，就逐渐发觉它不能解决问题，所以常常有苦闷，有矛盾，有烦恼。这样，我才从事文学创作。要是我的信仰能解决我的思想问题，那我的心头就没有苦闷，没有矛盾，没有烦恼，我早就去参加实际工作，去参加革命了。但是实际上不是如此。这样我才把文学创作作为我自己主要的工作，由此来抒发自己的感情。在我的思想中有人道主义、民主主义和爱国主义。那是经过人们的分析，我才认识的。这些思想显然不是根据自己主观要求而出现的。比如爱国主义，过去无政府主义者反对爱国主义，但是我后来又是一个爱国主义者。并不是我要有爱国主义就有爱国主义，而是通过实际，在生活的经历上，看到帝国主义对我们的侵略，人民受到欺侮，自己也深受其害，才意识到原来中国人连最起码的权利都没有，这样就觉得要爱护自己的祖国，要反抗外敌的入侵。至于知识分子对解放后的态度，在《上海文论》上有一篇文章谈到这个问题。

徐：那是陈思和写的，他认为《随想录》是你后期思想的一个总结。他对不少问题的分析很好；对我今后写这本传记的后半部将有所启示。他所说的在中国大陆刚解放时我国知识分子的心态，犹如“发现了上帝一样的惊喜”，因此“毫不犹豫地选择了新的道路”。而你的思想发展，正典型地表明了这个历史性的转折。您的选择对您说来是很不容易的。他说当时许多人离开了大陆，而您留了下来，并说服别人如毕修勺放下疑虑，参加社会主义建设。您以您的崇高的威望和声誉，向新中国献了一份厚礼。

巴：当时确实有很多人劝过我离开大陆，我也有许多朋友离开了大陆，但我看到人民拥护中国共产党，我想我应该与人民在一起，我不能离开人民，这就留了下来。我说，我要改造自己，从头学起。我确也劝说过别人不要离开祖国，但我没有劝说过毕修勺。毕是朱洗劝他留下来的。朱洗同他住在一起。

徐：陈思和的文章还谈到知识分子在革命政权成立后，他们看到人民生活安定，自己又受到社会各方面的尊重，得到“莫大的幸福”，却又似乎潜藏了一种危机，作家不再作为一名浮士德式的永不满足的个体探索者，“歌颂性的文学也自然而然地取代了批判性暴露性的文学，而一种自‘五四’始就在知识分子中间养成了的，以个性为基点的现实战斗精神悄悄地衰弱了”。而事实上，“受过‘五四’精神熏陶的知识分子，大都怀有一颗不安定的灵魂，他们在满足了温饱之余，仍然需要更高的精神渴求，需要独立思考，需要为祖国的未来作出新的探索。但是，这种探索精神在当时的客观上不但没有得到应有的鼓励和保护，相反，它的积极性却因各种缘故而一再受挫”。这使我想起一个问题，这就是在解放以后的十七年中，我们的许多作家，特别是许多在解放前就成名，并有很高成就的作家，如茅盾、叶圣陶、冰心、沈从文、曹禺、夏衍等，也包括老舍和您自己，为什么在创作上进入了一个低潮？不但许多人搁笔不写了，就是继续从事创作的，从数量到质量，都大不如前，这是为什么？

巴：现在看来，“你出主意，我写作”，这样的方式从事创作，总是要失败的。解放初期，我不过四十出头，正当壮年，总想写出点东西来，但总是写不好。可以说，我在十七年中，没有写出一篇使自己满意的作品，我写不好自己不熟习的生活。茅盾在解放后不是没有从事过创作，他也尝试过，甚至写电影剧本，但没有成功。曹禺写《明朗的天》效果也不好，大家都知道的。刚去世的师陀，解放初期写作劲头很高，但他的长篇连载被一家报纸腰斩；另外一篇小说题目叫《写信》，是他下生活后写的，我看了还不错，但别人对它不满，说描写农村青年给志愿军写信时态度不严肃。看来写作总是以写自己熟悉的题材为好，写不熟悉的生活总没有办法写好。

徐：我在一九三三年上海出版的《社会与教育》上看到徐懋庸写的一篇文章，题目是《巴金到台州》，也谈到当时访问您的时候，您对作家“下生活”提出看法。当时他向您提意见，说您的“作品的结局过于阴暗，使读者找不到出路”。您回答说：“我的作品是艺术，不是宣传品，我不想把抽象的政论写入我的作品中去。我从人类感到一种普遍的悲哀，我表现这悲哀，要使人类普遍地感到悲哀。感到这悲哀的人，一定会去努力消灭这悲哀的来源的，这就是出路了。”后来他又要求您到农村去找一点新的题材，你回答说：“这自然很好，但并非必要。我认为艺术与题材是没有多大关系的，艺术的使命是普遍表现人类的感情和思想。伟大的艺术作品，不拘其题材如何，其给予读者的效果是同样的。”我认为您在那个时候，实际上已对“题材决定论”进行了批判。解放前，您虽然生活在城市，但您也还是多次到农村、到矿井，尽可能争取有扩大视野的机会。解放后更在党的号召下，去战场，去工地，不断“下生活”。但您的主要作品还是《激流》和《寒夜》，而不是《砂丁》、《萌芽》和写朝鲜战场的小说。这就证明当年您对徐懋庸表达的关于作家“下生活”，提出“这自然很好，但并非必要”这样看法，是非常正确的。

巴：是的，我原是同意胡风所提出“到处有生活”的说法，但是解放后我就不敢说了。这也正是我在《随想录》中所说的，证明我在解放后“党新性格”的存在吧。一个作家如果没有生活，他怎么写得出作品？怎么会成为真正的作家？有了生活，才有作品，才做作家。生活培养作家，不是职称培养作家；作家靠读者养活，不是靠领导养活。这本来是个很浅显的道理。可是我们这么多年放弃自己最熟悉的生活，勉强去写不熟悉的题材，甚至要作家的作品去解释政策，而政策有时又不免有反复，这样要创作丰收，是很难的。作家应该写他最熟悉的生活，写他最使他感动的东西。这是我的几十年经历所得到的教训。当然我并不反对作家到处去看看，对世界有更多的了解。

徐：当前文学批评界的思想活跃，确实使人振奋。过去写的现代文学史，确有许多不正确和不公平的地方。但我觉得“重写文学史”这样的提法，似乎还保持着过去那种只能独家写文学史的“权威”观念。其实文学史的写作，也应该百花齐放，谁都可以写的。

巴：是的，海外的中国现代文学史写作，

各人都写各人的。夏志清的那本，就把沈从文与师陀写进去了。不像我们过去写文学史，要劳师动众，必须集体讨论，搭班子。

徐：师陀在解放前确是很有才华的。抗战时期柯灵同志编《万象》杂志，在“编后记”多次推荐过他的作品，我们都受过影响。当时他的文字的确很好。解放后，他“下生活”特别积极，后来不知怎么，衰退得厉害。在他离世前一个月，我曾到他的新居看他，主要也是为了写传记，因为我知道他也是你的老友。他说，他在一九三六年到上海时，只认识一个靳以，第二天就由靳以介绍，认识了您和陈荒煤。荒煤还给他找了住的房子，您则在永安公司楼上请他吃饭，以后你们经常在一起。他说您是个热情的爱国主义者。

巴：那时他很用功，他的作品受到重视。他的短篇集《谷》得到《大公报》文艺奖金。

他在解放前写的几本集子，如《里门拾记》、《马兰》、《果园城记》、《大马戏团》等都是不错的。解放后他曾一度把主要精力放在电影剧本上。写电影剧本，七稿八稿，把他搞昏了。

徐：最近在《文艺报》上读到一篇题目叫《周扬现象》的文章，和在《中国作家》杂志上发表的李子云追忆周扬的散文，不知巴老看到过没有？那两篇文章基本精神一样，这就是我们过去的文艺政策折腾得连周扬同志都晕头转向。

巴：文章看了。我还记得一九六五年元旦中午，中国作协书记刘白羽邀请在北京出席“人大”和“政协”的作家吃饭，当时所谓“四条汉子”中的三个人已被点名，只有周扬还在位，饭后他还向我们头头是道地讲了一个下午。回想那时每个人心里战战兢兢，实际上周扬也不例外。

徐：所以我想我写的传记，解放后十七年的部分，如果只从您在十七年中写的作品内容，来反映您的思想、工作和生活，那肯定是不够的。在解放前，或者可以说，您的工作、生活、思想感情大都反映在您的作品中了，而解放后十七年您的作品，不但在数量上，而且在内容上，也只能是反映了您一部分的工作、生活和思想感情。类似周扬现象，我想在您的实际生活上有时也是有的。我记得萧乾写过一篇文章，谈到他在一九五七年反右运动刚开始时，在北京紫光阁开会，他在自己的单位里已被点名，因而感到局促不安，当他一进会场，别人都不敢理睬他，只有您还和他打招呼，并让他坐在您的身旁。我想知道那时您的心情怎样？

巴：不是他坐在我的旁边，是我坐在他

的旁边。我后进会场，我也想对他讲话。他是我的老友，我心有不忍，但又无可奈何。

徐：我想我写的传记如果没有写出您类似的在这样境遇中的这种心情，我的传记就没有完成任务。

巴：那么请你多看看《随想录》……

徐：巴老，不知您对最近在京沪两地播放的《家、春、秋》电视连续剧怎样看法？除了极个别的人以外，我所接触到的人，大都对这部电视剧的评论，觉得还不错。

巴：电视剧是一些年轻朋友的再创造，这样摄制出来很不容易了。当然还可以搞得更好些。我同意你在报上发表的那篇影评讲法，这就是《家》中的罪孽，不能把主要责任推在陈姨太、冯乐山身上。特别是冯乐山，他在当时当地不过是一个社会名流，至多是个帮凶。此外，关于觉新的自杀，我同意黄宗江的说法，最好迟一点，把家中大事安排好了再走，否则他会死不瞑目。

徐：最近上海书市冷落，据说新华书店许多书卖不掉。

巴：书店书卖不掉，街头书摊倒是生意兴隆。怎么办?

徐：现在许多报纸期刊为了争取经济效益，都在找企业家赞助，所谓“赞助”，实际就是“资助”。他们还提倡“文艺家与企业家相结合”。像这样的问题，我们应该怎样看法呢?

巴：对这样的问题我可以说是一窍不通，毫无经验。我还是那句老话：作为作家，养活我的是读者，不是企业家。

徐：解放后我们曾将文艺从属于政治，现在有些人又把文艺从属于经济。但报纸期刊经济确不能维持，大家只好出此下策，找企业家帮助。据有些人解释，这与资本主义社会不同，我们搞的社会主义经济，所以请企业家资助，是请社会主义的企业帮助。

巴：社会主义企业究竟怎么搞法还在摸索，要它与文艺结合，究竟是怎么一回事，更加弄不清楚了。在海外，倒是有些企业家，完全出于热心于文化事业，他们资助文化单位，不提任何附加条件，也不要求你在文章中替他做广告，更不要求你替他写报告文学，或者在报刊上登他厂长、经理的言论。在我们国内，有几个企业家有那样的抱负？

徐：即使有，我们的社会主义企业允不允许这个厂长或经理有这样的权利，可以无偿资助文艺事业？税务局、财政局不向上面举报才怪呢。